LETTRES BÉNINOISES

Nicolas Baverez, économiste et historien, s'est fait connaître avec la publication de son best-seller *La France qui tombe* (Perrin, 2004), suivi de plusieurs livres dont *Réveillez-vous !* (Fayard, 2012). Il est éditorialiste au *Point* et au *Figaro*.

NICOLAS BAVEREZ

Lettres béninoises

ALBIN MICHEL

ISBN : 978-2-253-08711-3 – 1re publication LGF

Pour Lionel et Marie-Christine,
les Zinsounettes
et leur lignage.

« Tu sais que j'ai longtemps voyagé dans les Indes. J'y ai vu une nation, naturellement généreuse, pervertie en un instant, depuis le dernier de ses sujets jusqu'aux plus grands, par le mauvais exemple d'un ministre. J'y ai vu tout un peuple, chez qui la générosité, la probité, la candeur et la bonne foi ont passé de tout temps pour les qualités naturelles, devenir tout à coup le dernier des peuples ; le mal se communiquer et n'épargner pas même les membres les plus sains ; les hommes les plus vertueux faire des choses indignes ; et violer les premiers principes de la justice, sur ce vain prétexte qu'on la leur avait violée.

Ils appelaient des lois odieuses en garantie des actions les plus lâches ; et nommaient nécessité, l'injustice et la perfidie. [...]

J'ai vu naître soudain, dans tous les cœurs, une soif insatiable des richesses. J'ai vu se former, en un moment, une détestable conjuration de s'enrichir, non par un honnête travail et une généreuse industrie, mais par la ruine du prince, de l'État et des concitoyens. »

Montesquieu, *Lettres persanes*, lettre 146.

Lettre première

De Alassane Bono à sa femme,
Stella Haïdjia, à Washington

Du FMI à Washington,
le 30 septembre 2040

Pour la première fois depuis que j'ai été élu à la tête du FMI, j'assume une décision dont je sais qu'elle heurte la majorité du conseil et mon administration. J'ai choisi de présider le quartette qui doit examiner l'ultime possibilité d'aide financière à la France afin de lui permettre d'échapper au chaos. Dès lors, je prends des libertés avec la gouvernance de notre institution qui écarte l'implication personnelle du directeur général dans les restructurations d'État afin d'éviter tout conflit d'intérêts. Je pars m'installer à Paris pour plus d'un mois. Mon seul soutien logistique sera un bureau dont la fiabilité et même la sécurité sont, selon ce qui m'a été rapporté, loin d'être garanties.

Je sais m'exposer en cas d'échec aux reproches des rares États qui trouvent que l'on n'en fait pas assez pour sauver ce qui peut encore l'être de l'Europe. Je serai surtout la cible de l'immense majorité des gouvernements qui sont excédés par les fonds et le temps engloutis dans un continent qu'ils jugent condamné à sortir de l'histoire. Il n'est nul besoin d'être expert en diplomatie pour comprendre qu'il est particulièrement hasardeux de s'engager dans cette aventure l'année du renouvellement de mon mandat.

Je mesure aussi combien nos dirigeants et nos concitoyens peuvent réprouver mon attitude. Nombreux sont ceux qui se déclarent scandalisés de voir le premier Africain à la tête du FMI, promis jusque-là à une reconduction assurée, mettre en péril la fonction qu'il doit à la résurrection de notre continent. Et ce, pour voler au secours d'une puissance coloniale déchue. Et ce, au beau milieu des Trente Glorieuses du continent noir.

Toi seule, ma très chère Stella, sais que ce pari ne doit rien à l'arrogance ou à l'orgueil de vouloir avoir raison contre tous, mais à la fidélité. La fidélité à cette France qui finançait jadis des bourses d'excellence pour quelques lycéens particulièrement méritants. Grâce à elles, poussé par mes professeurs, j'ai pu faire des études à Paris avant que ma candidature soit retenue par les États-Unis dans le cadre des programmes d'enseignement supérieur de la Fondation du plan Marshall. L'émerveillement fut à la hauteur de la violence du déracinement. Mes premiers mois à Paris, dans le froid et la solitude, coupé de ma famille et de mes amis, sans argent, furent les plus durs de mon existence. Mais cette bourse a changé ma vie. Voilà pourquoi j'ai toujours considéré que j'avais une dette vis-à-vis de la France, que j'honorerais si j'étais un jour en position de le faire. Ce jour est venu.

C'est aussi la France ou plutôt le français qui nous ont rapprochés sur les bancs du MBA de Harvard, lors du cours de littérature française du professeur Jacques de Lespinasse. Nous étions intimidés par son érudition, admiratifs devant sa patience et sa générosité envers ses étudiants, effrayés aussi par sa solitude et son désespoir. Il ne s'était jamais remis de son exil forcé quand il lui fut interdit d'enseigner à la Sorbonne les auteurs classiques qui avaient abordé le thème de la religion : « Entre la France et les Lumières, nous disait-il, j'ai dû choisir les Lumières. » Je n'ai jamais oublié ses leçons sur l'histoire universelle du XXIe siècle qu'il improvisait à partir des *Lettres persanes* de Montesquieu. Leur étude lui avait valu d'être renvoyé de l'Université : elles contrevenaient à la neutralité qui s'imposait vis-à-vis de la nouvelle guerre de Trente Ans que se livraient sunnites et chiites au sein de l'islam.

Nous étions tous les deux si différents. Moi, parti des montagnes de l'Atacora, à l'extrême nord du Bénin. Toi, déjà célèbre, non pas encore par ton empire médiatique mais par ton père, Nurudeen Impala, l'une des premières fortunes d'Afrique. Son destin appartenait à la légende. Il avait quitté la banque Goldman Sachs qui l'avait formé et dont il était devenu le meilleur spécialiste des dettes souveraines. Il avait créé à Lagos le fonds Léopard, première société d'investissement exclusivement consacrée à l'Afrique. Il a bâti une immense fortune en pariant avec succès sur l'implosion de l'euro. Puis il l'a démultipliée grâce à une myriade de fonds confiés à de jeunes talents qui ont accompagné le miracle économique de ce continent.

Cette mission à Paris va largement décider de mon avenir. Nul ne peut prétendre sortir indemne de cette plongée au sein d'un pays qui fut au cœur des ténèbres et des espoirs de notre continent et de nos aïeux. Les lettres que je t'adresserai à toi ainsi qu'à nos trois enfants m'aideront à être à la hauteur.

Le séisme qui a ravagé la région de Nice, dans le sud de la France, a laissé des séquelles durables dans les réseaux de communication et d'énergie, aggravant le délabrement provoqué par leur défaut d'entretien. Face aux coupures chroniques, le courrier redevient un moyen de correspondance relativement sûr. Vous serez les témoins, non pas tant de mon travail, qui doit rester confidentiel, que de mes sentiments et de mes réflexions. Je veux aussi bénéficier de ta sagesse, qui ne m'a jamais manqué au cours de toutes ces années.

Ce sera enfin pour moi l'occasion de vous écrire en français. Nous voulions, à raison, que nos enfants apprennent cette langue, qui n'est pas celle du passé colonial mais celle de la nouvelle frontière de la mondialisation.

Lettre 2

De Alassane Bono à sa femme,
Stella Haïdjia, à Washington

De l'hôtel Ritz à Paris,
le 1er octobre 2040

Permets-moi, ma chère Stella, de te rassurer : je suis arrivé sain et sauf à l'hôtel Ritz où je résiderai durant le temps de cette mission. Mais ce fut de haute lutte.

Le vol dans l'avion privé du FMI s'est déroulé sans encombre. L'occasion était parfaite de revoir en détail le plan de restructuration de la France avec Douglas Mac Arthy, le représentant du gouvernement des États-Unis au sein du quartette. Il a eu beau jeu de faire étalage de son pessimisme en égrenant les données de base qui, de fait, sont accablantes.

Sur le plan économique, trois décennies de croissance zéro ont conduit la France du cinquième au vingt-cinquième rang mondial. Sur le plan monétaire, une inflation de plus de 10 % par an et une dévaluation de quelque 80 % du franc depuis la sortie de la zone euro. Sur le plan social, un chômage structurel de masse qui touche plus de 25 % de la population active et 65 % des jeunes de moins de vingt-cinq ans. Avec pour conséquences un effondrement du niveau de vie et des émeutes de la faim quand les premières coupes ont dû intervenir dans les retraites, les aides sociales et l'assurance chômage dont dépendait près du quart de la population. Sur le plan financier, une dette insoutenable de 185 % du PIB, après trois plans d'ajustement dont aucun n'a été mené à son terme.

Plus inquiétante encore est la trajectoire politique du pays au cours des dernières décennies. Lent déclin jusqu'en 2025, date de la première grande crise de la dette française. Sortie de l'euro en 2031 sur fond d'échec du plan de restructuration et de psychodrame européen. Victoire de l'extrême droite à l'élection présidentielle de 2032 débouchant sur une quasi-guerre civile et un état de banqueroute. Création d'une VIe République parlementaire juste après, en 2034, grâce à un sursaut des partis républicains face à la menace d'un putsch militaire, sursaut qui bénéficia du soutien de la communauté internationale et des créanciers. Retour à une paix civile précaire, au prix d'une instabilité croissante et d'une succession de gouvernements de coalition au fil de majorités qui se nouent et se dénouent. Le tout pour aboutir de nouveau à une faillite !

La position des États-Unis, à défaut de faciliter la recherche d'une solution négociée, a du moins le mérite de la clarté et de la cohérence. Il ne doit pas être question pour le FMI de réinvestir le moindre dollar afin d'aider la France. Cette position est assez logique venant d'un pays qui sort à peine d'une nouvelle crise bancaire. Les États-Unis vont au-delà en proposant que la France devienne le premier cas d'application pour une nouvelle catégorie de pays sous protectorat financier, privés de tout droit de vote au sein des institutions multilatérales et interdits d'aide tant qu'ils ne se seront pas conformés aux plans antérieurs.

Je dois avouer que notre arrivée à Paris a donné des arguments à l'approche américaine. Depuis mon dernier séjour, il y a si longtemps, c'est un véritable naufrage !

Nous avons mis autant de temps pour rallier Paris depuis Roissy que pour traverser l'Atlantique. Nos bagages ont été égarés, ce que je n'avais vu nulle part lors d'un vol privé. Les formalités de police ont été interminables, notamment pour ce qui me concerne. Dans l'œil suspicieux du policier des frontières, j'ai vu que la couleur de ma peau correspondait davantage à l'idée qu'il se faisait d'un immigré clandestin que du directeur général du FMI.

Puis l'hélicoptère qui devait nous prendre en charge est tombé en panne. L'engin de remplacement ne disposait d'aucun équipage. J'ai bien proposé d'emprunter le train ou la voiture mais il m'a été répondu que c'était impensable pour des raisons de sécurité. Lorsque l'hélicoptère de secours est finalement arrivé, le conseil m'est apparu judicieux.

Quand notre pilote est venu à notre rencontre, j'ai été saisi. Ce garçon semblait sortir de l'école, mais son visage montrait la même expression de bonté que celui de l'oncle Alhaji qui a quatre fois son âge. Il marchait vers moi en souriant : Alhaji rajeuni – et blanc ! Il m'a dit s'appeler Enzo, comme son père, qui a disparu dans le tremblement de terre de Nice. Les gens, ici, ne parlent que de cela : les survivants sont largement livrés à eux-mêmes et se débrouillent comme ils peuvent. J'avais la tête pleine de chiffres et de graphiques, j'étais comme un enfant gâté irrité par les contretemps. Enzo m'a rappelé l'urgence de la situation qui nous attend et pour laquelle nous travaillons.

Je me suis senti curieusement apaisé en montant dans l'appareil et en m'en remettant à lui. Nous avons survolé le vaste bidonville qui va de l'aéroport aux confins nord de Paris où se pressent, m'a dit Enzo, quelque six millions d'habitants sur les vingt que compte cette mégalopole. La vision de cette immense aire urbaine qui n'est structurée que par la percée de grandes infrastructures de transport et d'énergie est dantesque. Cela m'a rappelé Lagos avant que l'agglomération ne soit entièrement reconfigurée et sécurisée.

Notre pilote m'a indiqué que ce bidonville géant est organisé autour de regroupements communautaires, dans des cités pour les plus favorisés, dans des campements pour les autres. Deux sont réputés particulièrement impénétrables pour les autorités publiques qui ne s'y risquent plus depuis une décennie : le Romistan, qui regroupe les gens du voyage, et la Cité des Enfants perdus vers laquelle convergent les mineurs isolés, contrôlée par des bandes réputées pour leur violence et leur cruauté.

Les membres de ces communautés se livrent régulièrement à des attaques contre les trains ou les véhicules. Ils bloquent les axes de communication avant d'opérer de véritables razzias sur les cargaisons, de dévaliser les passagers, voire de les prendre en otages pour ne les libérer que contre rançon. D'où la voie des airs qui fait la fortune des pilotes. Leur métier n'est cependant pas de tout repos car ils doivent éviter les zones d'exclusion où ils risquent d'être la cible de tirs. Les séquelles des longues années de djihad et l'abandon de vastes pans de territoire ont permis aux gangs de constituer d'impressionnants stocks d'armes de guerre qui comprennent des missiles. Servis par d'anciens militaires, les hélicoptères suivent donc des plans de vol aléatoires et sont équipés de leurres.

Pour assurer la sécurité des touristes a été construit, à côté des parcs Disneyland, le New Paris, qui reproduit, à l'échelle, les principaux monuments de la capitale et ses rues les plus emblématiques, de Mouffetard à Montorgueil en passant par le boulevard Haussmann. Il paraît qu'il est possible d'y louer la réplique de la basilique Saint-Denis où furent enterrés les rois de France pour y organiser des concerts, des conventions d'entreprise ou des mariages. La dégradation progressive de La Défense, dont les tours ont cessé d'être entretenues à mesure que l'insécurité interdisait leur accès, a conduit de même à créer, plus au sud, un nouveau quartier d'affaires sur le plateau de Saclay. C'est de surcroît une zone franche placée hors du droit et des juridictions françaises. Elle est contrôlée, surveillée et gardée en permanence par des forces de sécurité privées.

Heureusement, nous avons atterri sans encombre dans l'enceinte des Invalides. Un héliport y a été aménagé pour les autorités gouvernementales afin d'éviter les caillassages dont leurs voitures étaient régulièrement la cible. Un somptueux coucher de soleil illuminait le dôme de l'église Saint-Louis, ce qui m'a semblé une invitation du Ciel à ne pas désespérer. L'histoire ne se répète pas, mais elle ne manque pas d'ironie : je débarque au cœur du panthéon de la gloire militaire française, un siècle après la débâcle stratégique de juin 1940, pour tenter d'épargner à ce pays ce qui serait la plus grande débâcle financière depuis la banqueroute de 1797.

Ultime avanie de ce voyage tumultueux, nous n'avons pu gagner le Ritz que par une entrée dérobée, à l'arrière du bâtiment, en raison d'une importante manifestation contre la mission du quartette. Pour être un vieux routier des restructurations d'États, j'ai une longue expérience des mouvements sociaux qui souvent les accompagnent. Mais je n'avais jusqu'à présent rien vu de tel, non pas dans la violence des actes mais dans celle des mots.

Plus de deux mille personnes campaient sur la place depuis plusieurs jours. Ces campeurs volontaires avaient reçu le renfort d'imposantes masses de manifestants rivalisant de slogans pour dénoncer « le FMI assassin d'enfants ». Ce sont pourtant les fonds de l'aide internationale qui assurent les fins de mois des hôpitaux et des écoles, et permettent de payer médecins, infirmiers et professeurs.

J'ai manqué perdre mon calme devant les immenses banderoles tricolores barrées d'un « Non au retour de l'esclavage. Non au code noir de Bono ». La fureur m'a pris et j'ai eu envie d'aller à la rencontre des manifestants pour leur parler du commerce triangulaire, du véritable Code noir de 1685, du marronnage, des révoltes d'esclaves et de leur sanglante répression, du Congrès de Vienne qui imposa l'interdiction de la traite négrière en 1815 à la France vaincue, de cette traite qui survécut, faute de sanctions réelles, jusqu'à l'abolition définitive de l'esclavage en 1848 à l'initiative de Victor Schœlcher.

Oui, j'ai eu envie de descendre pour leur parler de la Porte du Non-Retour à Ouidah, ce port du Bénin d'où partirent près d'un million d'esclaves dont le quart ne survécut pas à la traversée. De cette route de la traite négrière qui va de Ouidah à la plage et qui était un long chemin de croix où les esclaves étaient rassemblés, triés, vendus, enchaînés avant d'être embarqués et entassés dans des navires qui devenaient autant de cimetières marins.

J'en ai été dissuadé fort justement par un homme qui m'a été présenté comme « mon » officier de police. Il s'appelle Loïc Le Menh. Le préfet de police de Paris, à mon arrivée au Ritz, m'a indiqué qu'il affectait à ma protection, pour la durée de mon séjour en France, celui qu'il a qualifié de « Breton bien de chez nous et de toute confiance ». À le voir, râblé, musclé au point de tendre les coutures de son costume, taiseux mais l'étincelle prompte à traverser son regard bleu outremer, la chemise laissant entrapercevoir une chaîne en or et une énorme montre dont il m'annonce fièrement : « C'est une Ventura ! », on pourrait se demander s'il s'est engagé dans la police ou dans un gang. Mais ceci est compensé par un calme et une solidité qui inspirent un sentiment de totale sécurité. Il est taillé pour affronter les coups durs et les tempêtes.

À la perspective d'être chaperonné par un policier français, tous mes sens se sont mis en alerte. À la réflexion, ce que j'ai entrevu de ce pays m'a montré qu'un étranger avait peu de chance d'y séjourner sans risque s'il ne disposait pas des conseils d'un guide autochtone, apte à déjouer les pièges qui peuvent être tendus au visiteur. Je suis sans illusions sur le fait que l'excellent Le Menh rapportera fidèlement mes faits et gestes à sa maison mère du ministère de l'Intérieur. Mais j'entends n'avoir recours à ses services que pour les aspects logistiques de mon séjour et le tenir à bonne distance de tout ce qui a trait à ma mission.

Après une première rencontre de travail du quartette au Ritz, où Doug et moi avons été rejoints par nos deux collègues, Zhu, représentant la Chine, et Fitzcareldo, représentant le Brésil, cette rude journée de voyage s'est conclue magnifiquement. Une formation de chambre composée de musiciens de l'Opéra de Paris et de deux jeunes chanteurs lyriques a interprété, avec une grâce et une légèreté qui n'appartiennent qu'à ce pays, quelques grands airs d'opéras français, dont des extraits à la fois magnifiques et désopilants du *Roi Carotte* d'Offenbach. Puis les autorités françaises nous ont conviés à un dîner informel. Les discussions sont restées protocolaires, même si j'ai noté un écart entre les propos rassurants du ministre des Finances, Alexis Cordonet, et l'angoisse presque poignante qui se lisait sur les traits de son principal collaborateur au nom prédestiné, Ernest Trésor.

Alexis Cordonet est un homme rond, lisse et glabre. Il affiche un mélange de lassitude et d'intense satisfaction de lui-même. Il a gravi toutes les marches de son parti et de la politique française jusqu'à Bercy avec une prudence proverbiale. Son dernier fait d'armes consiste dans le vote par le Parlement d'une loi de simplification, de modernisation et de transparence de l'action publique de plus de deux mille pages dont il travaille sans relâche les textes d'application.

Son activité principale consiste moins à gérer l'économie française que sa carrière politique. Avec, comme priorité du moment, la déstabilisation de l'actuel Premier ministre dont il explique aux médias qu'il est le mieux placé pour lui succéder. La silhouette efflanquée et la mine terreuse d'Ernest Trésor offrent un contraste saisissant. On dirait un saint Sébastien des finances publiques, criblé par les flèches des déficits et des dettes. Mais un saint Sébastien qui aurait perdu foi en toute possibilité de salut.

La gastronomie du Ritz a contribué à apaiser les débats. Autour du thème de la truffe, nous avons successivement dégusté une soupe d'artichaut, un bar de ligne (dont il m'avait été affirmé par les ONG environnementales qu'il avait disparu mais qui semble avoir survécu près des côtes françaises), puis une poularde de Bresse servie avec un risotto, le tout suivi de farandoles de fromages et de desserts. Après un Dom Pérignon millésimé, ces mets furent accompagnés de vins de Condrieu et de Côte-Rôtie qui ont bien résisté au réchauffement climatique, contrairement au vignoble de Bordeaux. Même à Washington ou à New York où les bonnes tables abondent, je n'ai rien goûté qui mêle aussi parfaitement la cuisine la plus savante, les saveurs les plus subtiles, les produits les plus naturels.

Au moment d'aller me coucher pour reprendre les forces nécessaires au marathon qui commence demain, je ne peux croire qu'une nation, qui est l'héritière d'une telle civilisation, dispose de tels atouts et forme de tels talents, ne puisse se reprendre.

Lettre 3

De Stella Haïdjia à son mari, Alassane Bono, à Paris

Washington,
le 1er octobre 2040

Le décalage horaire me permet, mon amour, de te répondre le jour même afin que tu trouves ma lettre à ton réveil.

Durant toutes ces années, nous avons connu de grands bonheurs et des moments douloureux. Nous les avons toujours vécus profondément unis. Mais l'obstination que tu montres pour diriger la restructuration de la France me reste incompréhensible et me déplaît profondément.

Je suis en communion avec nos sœurs et nos frères africains, avec les hommes de ce monde émergent qui, après des siècles d'oppression et d'abandon, fait aujourd'hui l'histoire. Tu les délaisses pour te consacrer à une cause perdue. La France a mis en coupe réglée notre continent avec l'esclavage et la colonisation. Elle a humilié Béhanzin, le dernier roi d'Abomey, qui se battit courageusement pour l'indépendance du Dahomey. Elle l'a déporté en 1894 à la Martinique avant de le vouer à une mort ignominieuse en Algérie, loin de son royaume et de son peuple.

Mon père, lui, ne s'est pas trompé de combat : il s'est servi de la faillite de l'Europe pour consacrer son énergie et son génie à la réussite de l'Afrique. Notre continent t'a fourni les armes pour gravir toutes les marches jusqu'à la direction générale du FMI. Tu lui dois de ne pas jouer avec ta réélection pour satisfaire un vague remords de l'homme noir ou une nostalgie des empires effondrés.

Tu te mens à toi-même en poursuivant non pas la restructuration d'une dette souveraine mais un mythe pervers. Je tremble de te savoir à Paris. La France nous a déportés, colonisés, instrumentalisés avec la Françafrique. La France nous a moqués lorsque nous avons commencé à nous développer, allant jusqu'à nous sermonner sur notre prétendue incapacité à entrer dans l'histoire. Elle nous a détestés quand les Africains s'enrichissaient au moment où les Français s'appauvrissaient. Je ne partage pas ta fascination pour les civilisations décadentes. Je redoute la France, sa capacité à corrompre, à tromper et à feindre. Je hais ses ultimes tentatives pour continuer à vivre aux dépens de ceux qu'elle a exploités et qu'elle rêve de continuer à escroquer. Elle joue désormais sur les sentiments, faute de pouvoir jouer d'une puissance dont elle n'a plus les moyens mais dont elle emprunte volontiers les mots.

Tu dis compter sur ma sagesse, écoute donc mon conseil. Douglas Mac Arthy et le gouvernement des États-Unis, la Chine et le Brésil s'accorderont pour t'aider en la circonstance. Acte la faillite définitive de la France. Constate son manquement délibéré aux conditions fixées par le FMI.

Conclus à l'impossibilité de toute aide supplémentaire. Retrouve-moi à Cotonou que ton départ m'a convaincue de rejoindre au plus vite. Je t'attendrai dans notre maison où t'appellent ton pays et notre bonheur.

Lettre 4

De Alassane Bono à ses enfants, Sarah à San Francisco, Jonas à Harvard, Reckya à Doha

De l'hôtel Ritz à Paris,
le 2 octobre 2040

Mes chers enfants, je vous écris depuis Paris où je m'installe pour un mois, en dépit de l'opposition de votre mère. Je conduis la mission du quartette qui décidera de la poursuite ou de l'arrêt de l'aide internationale qui peut encore sauver la France, un pays que vous connaissez bien pour y avoir séjourné lorsque vous étiez plus jeunes.

Je connais trop le caractère entier de votre mère et j'ai trop d'estime dans son jugement pour chercher à vous convaincre de la faire revenir sur son opinion. Elle devinerait et déjouerait la manœuvre. Mon choix pourrait vous valoir d'être interpellés, y compris par certains de nos amis les plus proches. Voici mes raisons.

Sous une apparence lisse et alors que ma carrière semble toute tracée, j'ai toujours pris des risques. Je n'ai rien d'un héritier. J'ai refusé la proposition de votre grand-père maternel de prendre sa succession à la tête du groupe Léopard, ce qui nous a valu plusieurs discussions orageuses. Je n'ai accepté qu'un temps de siéger au conseil d'administration de la fondation qui en est devenue le premier actionnaire, avant de démissionner pour éviter tout risque de conflit d'intérêts. Ce sont des managers qui le dirigent – au demeurant fort bien. Et il vous reviendra à toi Sarah, forte de ton expérience acquise dans les fonds d'investissement, ou à toi Jonas, une fois obtenu le barreau de New York et appris ton métier d'avocat, de décider ou non de rejoindre leur équipe. Quant à toi, Reckya, c'est plutôt au mécénat artistique et aux activités humanitaires de la fondation Impala que te destinent tes responsabilités à la tête de la Biennale de Doha.

J'ai une totale confiance dans vos talents, dans votre capacité à rester unis en toutes circonstances, dans votre engagement au service du Bénin, de l'Afrique, de sa nouvelle puissance. C'est la raison pour laquelle il est fondamental que cette mission parisienne, quelle qu'en soit l'issue, ne puisse devenir un sujet de discorde.

Je ne sous-estime pas les difficultés pour convaincre d'un côté la France de se réformer et, de l'autre, les créanciers publics et privés d'accepter un nouveau réaménagement de sa dette alors qu'elle n'a jamais rempli les engagements qu'elle a souscrits, contrairement à l'Italie et à l'Espagne. Un échec sera de ma seule responsabilité ; un très improbable succès serait celui de tous.

Mais mon devoir est de jouer à fond la dernière chance d'aider la France. Parce que son histoire, faite de hauts et de bas vertigineux, est indissociable de celle de notre famille et de celle de l'Afrique. Parce que les valeurs qu'elle a su incarner sont sorties de ses frontières pour imprégner le XXIe siècle et faire partie de vos vies. Sarah, que serait l'économie financière sans les mathématiciens français ? Jonas, que seraient le droit et sa philosophie sans les philosophes des Lumières et la Déclaration des droits de l'homme et du citoyen qui te fascine et te mobilise ? Reckya, que serait l'art moderne sans le dynamitage des canons classiques par l'incroyable galaxie de créateurs qui se croisèrent à Paris au tournant du XIXe et du XXe siècle ?

Sans doute tout cela appartient-il à l'histoire. Mais cette histoire continue à vivre, y compris sur les cinq continents, y compris dans vos activités et vos passions. Cet héritage a fait de notre séjour puis de nos voyages en famille à Paris un enchantement. Il a aussi contribué à vous construire.

Si l'on doit juger la France pour ce qu'elle est, votre mère a raison : elle ne mérite pas plus d'attention que ces nombreux pays emportés par la démagogie et le populisme. Elle fait figure d'Argentine de l'Europe, riche d'un immense potentiel mais vouée à la faillite du fait de son modèle étatiste et protectionniste ainsi que de son instabilité politique et de son inclination pour le populisme. S'il faut juger la France pour son passé de grande puissance, on y trouve le meilleur et le pire. Notre continent a davantage expérimenté le pire que le meilleur. Mais l'héritage intellectuel et spirituel de ce pays a aussi nourri depuis plus de deux siècles les rêves d'indépendance et de liberté. Les peuples qu'il opprimait l'ont combattu et ont fini par le vaincre au nom des valeurs de la République quand la métropole de l'empire les bafouait. D'une certaine manière, nous sommes tous français !

Je ne me lance pas dans une croisade pour réhabiliter la France alors qu'elle poursuit sa chute. Mais je veux tenter de sauver cette part d'universel qui constitue la marque de ce pays. Elle peut être utile à tous les hommes du XXIe siècle et pas seulement aux quatre-vingts millions de Français qui survivent, de plus en plus mal, dans notre société ouverte. C'est incroyable : ils en détenaient toutes les clés mais ils ont refusé de s'en servir !

Merci de me faire confiance. Ne condamnez pas trop vite mon entreprise.

Lettre 5

De Alassane Bono à sa femme, Stella Haïdjia, à Cotonou

De l'hôtel Ritz à Paris,
le 3 octobre 2040

J'espère que ton vol s'est bien déroulé et que tu as retrouvé notre maison de Cotonou en meilleur ordre que les finances de la France.

La première journée de notre mission a coïncidé avec la mise au point du budget pour 2041. Elle s'est passée en grande partie à Bercy, dans les locaux du ministère des Finances. Nous sommes très loin d'avoir compris les tenants et aboutissants de la situation macroéconomique de la France. Mais nous avons obtenu un premier résultat majeur : tous les comptes sont faux ! Et notamment dans les domaines clés que sont les finances publiques et la balance des paiements courants.

En fait, ce fut la journée des dupes.

Elle a débuté par une présentation du budget par le ministre des Finances, cet Alexis Cordonet dont je t'ai déjà parlé. Elle était organisée sous les ors de l'ancien hôtel de la Marine, place de la Concorde, que l'État s'est racheté à lui-même grâce à un de ces tours de passe-passe financier dont il a le secret. Les premiers rangs de l'assistance étaient occupés par des jeunes gens des deux sexes. Leur beauté lisse et souriante était censée démontrer la solidité des finances publiques de la France.

Dans cet exercice, Cordonet a donné toute la mesure de son talent. Sûr de son destin et de sa ligne, il a martelé les progrès réalisés par la France, la trajectoire de retour à l'équilibre des comptes publics, la restauration progressive du crédit du pays auprès des investisseurs internationaux. Le tout à grand renfort de graphiques sur l'évolution des taux d'intérêt et non sans se tourner régulièrement vers le directeur du Trésor et le gouverneur de la Banque de France pour leur demander un soutien qui ne lui a pas été ménagé. Il a conclu en citant le président de la République, autorité suprême au-dessus de l'actuel gouvernement de coalition, pour expliquer que la crise financière était à un tournant et qu'elle appartenait désormais au passé. L'action du gouvernement allait donc donner la priorité à la restauration du modèle français et au combat renforcé contre les inégalités.

Cet exposé brillant mais trop long a laissé peu de place pour les rares questions de la presse. Les journalistes français se sont concentrés sur la probabilité… d'un prochain remaniement ministériel ! Il est jugé imminent car les tensions s'exacerbent au sein de la coalition. Seule la presse internationale a demandé des précisions sur les hypothèses économiques et les données budgétaires, soulignant l'optimisme démesuré des prévisions de croissance, la surestimation des recettes et la sous-estimation des dépenses.

Alexis Cordonet s'est alors transformé. Son œil s'est fait lourd, ses traits se sont tirés, son dos s'est voûté, comme si s'abattait sur lui une immense fatigue. Fatigue de répéter en boucle les mêmes évidences, fatigue de réparer les erreurs de son prédécesseur et d'anticiper celles de son successeur, fatigue de répondre à des questions dénuées de sens, fatigue d'être fatigué par un métier fatigant. Puis il s'est lentement redressé, a balayé la salle du regard et s'est lancé : il était un homme politique et non pas un comptable ; il ne laisserait jamais la politique de la France retomber à la merci des gnomes malfaisants des marchés financiers et des agences internationales inféodées aux puissances d'argent. Il s'assurait ainsi la sympathie de l'opinion publique française. Sur ce, il a mis fin à la conférence de presse dans un tonnerre d'applaudissements. Mon sang se glaçait en voyant Doug et Zhu échanger un regard entendu qui ne présageait rien de bon pour les réunions de l'après-midi.

De fait, on ne peut imaginer changement de décor plus complet. Après un rapide déjeuner, les réunions techniques se sont enchaînées. Doug a concentré le tir sur les finances publiques, Zhu sur la balance commerciale et les comptes courants, Fitzcareldo sur la mise en œuvre du plan d'ajustement – ou plutôt sur sa non-réalisation. Les représentants français, en l'absence du ministre retenu au Parlement, s'en sont d'abord tenus à la position officielle, mais la déferlante de données contraires avancées par mes collègues a rendu leur position de plus en plus fragile. Le coup de théâtre est intervenu au bout de trois heures de dénégations. Paradoxalement, ce n'est pas la brutalité de Doug qui fit la décision mais la froideur de Zhu.

Au terme de notre examen, aucun constat partagé ne se dessinait. Zhu annonça alors tout de go que, en sa qualité de conseiller financier du président de la République populaire de Chine, il allait recommander, quelle que soit la position du FMI, l'arrêt immédiat de tout financement de la France par la Chine. Cela implique la fin de tout prêt à l'État ou aux banques, ainsi que la suspension des accords de refinancement entre la Banque de Chine et la Banque de France. Le gouverneur de la Banque de France, Jean-Claude de la Vrillière, s'est effondré. Écarlate, suant à grosses gouttes, il est passé du hurlement à la supplication : « Vous ne pouvez pas faire ça, c'est la fin de la Banque de France, c'est la fin des banques françaises, c'est la fin de la France. » Puis, se tournant vers les directeurs des services du ministère des Finances : « Vous ne pouvez pas laisser faire ça. Maintenant, on ne joue plus, il faut leur dire la vérité. Sinon, dans moins d'une semaine, il n'y a plus ni un franc ni une banque dans ce pays. »

Après l'inévitable suspension de séance et en l'absence du gouverneur, rendu à ses missions de surveillance d'un secteur financier qui semble en avoir grandement besoin, a débuté une réunion bien différente. Après avoir excusé le gouverneur victime de l'excès de tensions liées à sa fonction, après avoir insisté sur la complexité de la situation politique, Ernest Trésor en est venu au fond : le déficit public n'est pas de 6 % du PIB comme il figure au budget mais supérieur à 10 % ; le déficit commercial atteint 12 % du PIB alors qu'il était annoncé à 4 % ; la fuite des capitaux s'intensifie, faisant craindre à tout moment une panique bancaire. L'État ne dispose plus que de quelques semaines de trésorerie. Sans un accord avec le FMI avant la fin du mois, la France sera contrainte à la banqueroute. Son système bancaire se désintégrera. Les salaires des fonctionnaires, les pensions de retraite et les aides sociales ne seront pas versés. La France basculera en terre inconnue.

Nous sommes alors convenus d'interrompre nos travaux. Les représentants français informeraient le ministre et le président de la République de la tournure prise par les discussions. De notre côté, nous en mesurerions la portée.

En aparté, je n'ai pu m'empêcher de demander à Ernest Trésor comment un tel chaos avait pu s'installer dans un pays aussi riche.

« Nous ne sommes plus riches que de règlements et de taxes, de fonctionnaires, de retraités et de chômeurs, m'a-t-il répondu. Les Français ont ruiné l'État en s'installant dans l'illusion que chacun, sans travailler, pouvait vivre à crédit aux dépens de son voisin. La France qui produit, qui travaille et qui investit existe. Mais elle s'est exilée. Elle a constitué une vaste diaspora ou vit ici dans un système offshore qu'il a fallu créer pour conserver quelque activité sur le territoire national. Les talents et les entreprises, les capitaux et les profits sont partis à l'étranger ou prospèrent hors sol. Les charges et les dettes publiques sont en France. Chacun sait que le système est insoutenable mais nul n'a eu le courage d'effectuer les réformes nécessaires que les gouvernements de coalition successifs se transmettent comme un mistigri. Nous fûmes nombreux à croire que le choc de la sortie de l'euro puis l'instauration de la VIe République après la brève et calamiteuse expérience de l'extrême droite au pouvoir arrêteraient la machine infernale. À tort. Chaque renoncement fut l'occasion de nouvelles promesses et de nouvelles illusions pour échapper aux changements indispensables. Aujourd'hui la France est nue. Gardez-le pour vous, mais lorsque nous avons joint notre ministre pendant notre interruption de séance, sa seule préoccupation fut de s'assurer qu'il n'y aurait aucune fuite dans la presse. Pour le reste, quand nous lui avons indiqué que le budget pour 2041 était mort-né le jour de sa publication, il nous a dit : “La France en a vu d'autres et en verra bien d'autres.” Comme la plupart de mes collègues, je pense que votre mission représente notre toute dernière chance. Je ne serai pas le seul à quitter le service de l'État si vous échouez. »

Réussites privées, malheur public, expansion illimitée et incontrôlée des dépenses, grandeur de quelques serviteurs de l'État isolés dans une puissance publique en ruine, corruption de la citoyenneté par la démagogie : tous les traits classiques du mal-développement se trouvent réunis. Reste à trouver de l'extérieur l'issue impossible à imaginer de l'intérieur.

Lettre 6

De Alassane Bono à son directeur de cabinet, Blaise Koupacku

De l'hôtel Ritz à Paris,
le 3 octobre 2040

Blaise, mon vieux camarade, tu es bien plus qu'un directeur de cabinet. Tu es béninois. Tu as partagé tous mes engagements. Tu m'as accompagné au fil de ma carrière, depuis les bancs de l'Université jusqu'à la direction générale du FMI en passant par la Banque centrale panafricaine. Tu fais partie de ma famille. Tu es le seul que je tutoie au FMI.

Une fois de plus, je vais avoir besoin de ta puissance de travail, de ton sens de l'organisation et de ton intelligence politique. Je me trouve en France à un moment compliqué, alors que nous étions sur le point de lancer la campagne pour ma réélection. J'anticipe déjà ta mauvaise humeur, toi qui avais tout préparé.

Tu n'aimes pas, je le sais, mon initiative : c'est ton droit. Mais je compte plus que jamais sur toi pour gagner les deux combats dans lesquels je m'engage : la restructuration financière de la France et ma reconduction.

C'est une impression étrange de ne pas t'avoir à mes côtés. Ces longues années de travail en commun font que tu me comprends sans même que j'aie à parler. Et pour dire la vérité, j'éprouve en ton absence un certain sentiment de vulnérabilité.

J'ai voulu que tu restes à Washington car c'est au FMI que tu seras le plus utile. Je te demande d'être plus que jamais mon double, mes yeux et mes oreilles. En mon absence, la mécanique doit continuer à fonctionner telle une horloge. Impose ton autorité comme la mienne. Use de la délégation de signature dont tu disposes. Il est vital que la gestion des affaires courantes ne connaisse aucun flottement.

Préviens-moi immédiatement, quelle que soit l'heure, si l'un de nos grands actionnaires montre des états d'âme ou si tu vois pointer un risque de dérapage de l'une de nos opérations stratégiques. Suis avec une particulière vigilance la préparation du prochain conseil d'administration de début novembre : il sera décisif pour l'examen du cas français et pour le lancement de la procédure de nomination du nouveau directeur général.

Je compte enfin sur toi pour me tenir informé de tout ce qui se colporte à Washington, capitale de tous les complots. Partout où nous sommes passés, je n'ai jamais rencontré meilleur expert que toi pour déjouer les manœuvres les plus machiavéliques.

Paris n'est plus depuis bien longtemps le centre du monde. À rejouer son histoire en boucle, cette capitale revêt des airs de province.

Je dois moins que jamais perdre le fil. Je ne peux prendre le moindre risque quant à la compréhension des rapports de force entre les grands États qui dominent notre conseil d'administration, notamment les États-Unis et les géants du Sud. De ce point de vue, le quartette, où sont représentés les États-Unis, la Chine et le Brésil, constitue aussi un excellent poste d'observation et d'action. Mais c'est toi qui seras sur le théâtre d'opérations principal.

Ta feuille de route tient en trois F : le Fonds, dont je te confie le fonctionnement courant ; la France, dont le sauvetage doit devenir un objet de consensus au sein du conseil d'administration ; la Finalisation de la campagne pour ma reconduction. Je veux la démarrer en force afin de casser d'emblée toute autre candidature de poids. Je serai fort, je l'espère, d'un accord sur la France qui calmera les inquiétudes quant à l'Europe. J'ai contribué au règlement de la crise bancaire américaine de 2033 ; j'ai mené à bien le programme d'aide à l'Inde – donc à la population la plus nombreuse du globe. Je bénéficie du soutien unanime de l'Afrique, qui aligne depuis deux décennies les meilleurs résultats économiques et financiers. Je serai quasiment imbattable.

D'ici là, mon frère, c'est à toi de jouer !

Lettre 7

De Blaise Koupacku, directeur de cabinet, à Alassane Bono

Washington,
le 4 octobre 2040

Alassane, tu es mon chef mais surtout mon ami. Ton fidèle second ne manquera pas à l'amitié ni à la loyauté : tu commets aujourd'hui la faute la plus monumentale et la plus absurde depuis que nous nous connaissons.

Tu t'es bien gardé de me mettre dans la confidence, ni bien sûr de me demander mon avis sur ton départ impromptu pour Paris. J'en suis peiné et furieux. Je connais ton aversion pour les conflits ; tu n'avais aucune envie d'entendre mes arguments. Tu voulais d'autant moins les entendre qu'ils auraient avivé tes doutes, que tu as décidé de cacher à tous. J'ai beau me creuser la cervelle, je désespère de trouver la moindre explication à ta foucade.

À défaut d'avoir voulu m'écouter, tu me liras donc.

Quel que soit le point de vue, ton départ pour Paris cumule les erreurs.

Première erreur : tu laisses le FMI en déshérence et donc le champ libre à tes adversaires. Je vais bien sûr tout faire pour tenir la vieille maison en ton absence. Je vais justifier une nouvelle fois mon surnom de « Tirailleur », qui me poursuit depuis que je travaille à tes côtés. Mais ne te fais aucune illusion. Jamais le suivi juridique et les contrôles hiérarchiques ne vaudront la légitimité politique. Jamais la copie ne remplace l'original. Je réponds du fonctionnement des services mais pas de celui des administrateurs que tu laisses en roue libre. Et surtout pas des grands États qui te voient disparaître au milieu de nulle part, au moment où ils entendaient négocier les objectifs du prochain mandat.

Deuxième erreur : tu violes sinon la lettre du moins l'esprit des règles de fonctionnement du FMI. Ce faisant, tu ouvres un espace inespéré à tous ceux qui s'étaient répandus pour expliquer que le FMI était une chose trop sérieuse pour la confier à un Africain, a fortiori à un Béninois. Ils guettaient, en vain jusque-là, ton premier faux pas.

Troisième erreur : tu mets, alors que personne ne te le demandait, ta légitimité en jeu pour secourir une nation périphérique. La France a perdu l'essentiel de son influence dans le monde depuis qu'elle a dû renoncer à son siège de membre permanent du Conseil de sécurité de l'ONU. Elle est devenue un objet de mépris et de détestation jusqu'en Europe.

Elle ne détient plus qu'une participation résiduelle dans le capital du FMI et ne peut en aucun cas jouer de rôle dans la nomination de son directeur général. En revanche, sa restructuration est le dossier le plus difficile du moment. Et depuis quinze ans, tous ceux qui ont essayé de le traiter s'y sont cassé les dents et ont payé le prix fort. Il suffit d'en parler avec les Allemands pour être édifié. Comment peux-tu être assez présomptueux pour penser réussir en un mois ce que tous les autres ont raté en plus d'une décennie d'efforts ?

Quatrième erreur : tu lies la cause gagnante de ta réélection à la cause perdue du sauvetage de la France. Cela fait près d'un an que nous avons mobilisé nos amis, réuni des groupes de travail, élaboré un programme complet et novateur pour ton second mandat, défini une stratégie de campagne à laquelle je n'arrive pas à trouver de point faible. Tout était prêt. Et toi, sur un coup de tête, tu balaies tout pour une escapade à Paris dont nul ne comprend la raison.

Cinquième erreur : tu t'installes pour une durée indéterminée dans une ville en marge du monde, où les communications sont notoirement déficientes et peu sûres. Te rends-tu compte que nous en sommes à échanger des *lettres* ?

Tu as bien raison de dire que les rapports de force sont particulièrement volatils dans ce système multipolaire privé de véritable leadership. Le vieux proverbe fon le rappelle fort bien : « Un grain de maïs a toujours tort devant une poule. » Mais comment comptes-tu agir et évoluer depuis un pays qui se fait une gloire d'être coupé de la mondialisation ? Si c'est avec le quartette, bonne chance !

Douglas Mac Arthy ronge son frein : seules les séquelles de la dernière crise bancaire américaine l'ont dissuadé de se présenter contre toi. Zhu est beaucoup plus prudent, mais il n'obéit qu'au gouvernement chinois : cet homme est un mur acoustique qui absorbe toutes les informations sans jamais en donner. Fitzcareldo, lui, est dans une position intenable. Le déficit d'infrastructures et de réformes mine l'économie brésilienne. L'écart se creuse de plus en plus avec le Mexique et la Colombie. Il a par ailleurs été placé à ce poste par le petit-fils de Lula da Silva pour écarter un rival potentiel, en échange de son aide pour prendre la tête du FMI.

Le vrai monde, celui dont dépend ta candidature, est loin des chicanes de ton quartette. Applique les leçons que nous donnons à la Terre entière dans nos rapports ! Il n'y a plus ni Nord ni Sud, ni pays développés ni pays émergents. Il n'y a que les États et les nations qui réussissent à se moderniser en permanence et ceux qui dévissent. Parmi les premiers : les États-Unis, qui ne sont plus les gendarmes de la planète mais qui ont résisté à une nouvelle crise bancaire grâce à la vitalité de *Corporate America* ; la Chine, en dépit des secousses de son économie de bulles ; la Corée réunifiée, et le Vietnam, le Mexique, le Nigeria, notre meilleur allié, porté par le miracle africain. Sans oublier l'Allemagne, seul pays européen à se maintenir dans les dix premières économies mondiales grâce à la puissance de son industrie et de ses exportations, mais aussi à l'afflux des vingt millions de jeunes Européens qui ont redressé sa démographie.

Parmi les seconds : le Japon ; la majorité des Européens ; la Turquie, prise en tenaille entre les troubles de l'Europe et la longue guerre civile interne à l'islam ; l'Inde, victime de sa bureaucratie ; la Russie, incapable d'échapper à la malédiction de ses richesses naturelles et à l'effondrement de sa population. Et bien sûr la France, qui est devenue le symbole des puissances décadentes et des États faillis.

Toute notre stratégie consiste à aligner les intérêts des pays modernisateurs derrière ta candidature. Ton seul vrai risque réside dans un accord entre les États-Unis et la Chine pour promouvoir un tiers. Chou En-laï, l'ancien bras droit de Mao, décrivait les deux superpuissances au temps de la guerre froide dans un adage resté fameux : « Que deux éléphants se battent ou qu'ils fassent l'amour, l'herbe qui se trouve dessous est toujours écrasée. » Si tu veux éviter d'en éprouver la justesse à tes dépens, maîtrise en douceur les deux éléphants que sont la Chine et les États-Unis. Maintiens-les à bonne distance. Tu n'y parviendras ni grâce à la France, ni depuis Paris.

Voilà, tu es prévenu. Je ne te dérange pas plus longtemps. Je me mets au travail. Tu peux compter sur moi pour appliquer scrupuleusement tes instructions.

Lettre 8

De Reckya à son père, Alassane Bono

Doha,
le 4 octobre 2040

Coucou mon Daddie, les nouvelles de ta fille de Doha sont excellentes. Le Qatar est fabuleux. Je me revois après mes études en demi-teinte, après des années de doute qui m'ont conduite ici sans véritable métier. Quel autre pays m'aurait fait confiance si jeune pour occuper de telles responsabilités ?

Je mets la dernière main à la Biennale de 2041 qui verra converger à Doha les grands plasticiens de la planète. C'est la première très grande exposition dont j'ai la responsabilité. J'ai maintenant hâte d'être au jour de l'inauguration. Pourtant, l'idée de tout ce qui reste à faire me saisit d'effroi.

Pour l'instant, tous mes invités ont accepté de venir, même les Chinois qui ont longtemps été réticents. Ils espéraient que Shanghai détrônerait Doha comme premier marché d'art mondial. Je n'ai pas eu de mal à faire la part belle aux plasticiens africains qui occupent le devant de la scène internationale. Tous les plus grands ont répondu présent, à commencer par Axel Hazoumé, le petit-fils de Romuald, qui vient de faire un triomphe à New York.

Les artistes ont plébiscité nos actions pour faciliter leurs installations, les échanges entre eux, le contact avec les collectionneurs des cinq continents. Je crois avoir gagné leur confiance. En tout cas, je me suis donné beaucoup de mal pour permettre à chacun de s'exprimer, y compris en utilisant les formes les plus neuves et les plus dérangeantes. J'ai cette chance incroyable de disposer de moyens presque illimités pour leur offrir carte blanche et les accompagner dans les projets les plus ambitieux.

L'émir est enchanté. Le succès de la Biennale n'est pas que commercial. L'enjeu est aussi politique : l'art moderne fait avancer le nouvel humanisme islamique.

Sinon, je me suis autorisé un petit break. Je suis partie avec Kader pour un trek de trois jours au mont Kinabalu, en Malaisie. Les conditions étaient rudes. Mais nous avons marché au milieu d'une faune et d'une flore totalement préservées. Et au bout de l'effort, un paysage grandiose sur les îles environnantes au soleil levant.

Tout va donc bien pour moi, mais je me fais du souci pour toi. Ici, à Doha, comme à Kuala Lumpur, les médias sont déchaînés concernant les troubles de l'Europe et particulièrement de la France. Contrairement à Sarah, je ne comprends rien à la finance. Et je suis trop contente de l'appeler pour démêler les problèmes budgétaires et comptables de la Biennale. Mais je sais que 2 et 2 ne peuvent faire 5. Or il semble, à lire la presse, que la France vit depuis des décennies sur ce principe. Du coup, dans le Golfe et en Asie, plus personne ne veut y remettre un *cent*.

J'ai reçu la visite du fils de l'émir qui voulait faire le point sur la Biennale. Il s'est longuement attardé. J'ai bien senti qu'il essayait d'obtenir des informations sur ta présence à Paris. Je n'ai pas aimé cette conversation et me suis bien gardée de lui répondre.

J'ai peur que tu ne sois installé au milieu d'un nid de frelons. Prends garde à toi, mon Dad. Ne te mets pas en danger pour des gens qui ne t'en sauront gré et n'hésiteront pas à mordre la main qui les aura sauvés.

Bisous.

Lettre 9

De Alassane Bono à sa femme, Stella Haïdjia

De l'hôtel Ritz à Paris,
le 5 octobre 2040

La fin de la semaine, mon ange, a été déconcertante. Après la tension extrême du début de la mission, le programme a repris comme si de rien n'était, dans une sorte de drôle de guerre. Tous les éléments d'une faillite de la France sont réunis. Le fil de soie qui relie encore le pays à la communauté financière internationale est pratiquement rompu. Mais rien ne se passe et chacun vaque à ses occupations sur l'air de *Tout va très bien, madame la marquise*. La capacité de ce peuple et de ses dirigeants à s'installer dans le déni est stupéfiante.

La seule tension perceptible touche notre quartette. La ligne de clivage passe entre moi et mes trois collègues. Ils sont convaincus que nous gaspillons notre temps à nous échiner sur une cause perdue. Douglas Mac Arthy cache mal son amertume de devoir rester plus longtemps à Paris. Son agacement gagne Zhu et Fitzcareldo. Ils travaillent d'arrache-pied pour m'acculer à conclure au départ du FMI de France. Ils bénéficient du renfort des médias locaux qui multiplient les enquêtes et les éditoriaux à charge sur une aide internationale accusée de tous les maux.

La routine de nos travaux a été brutalement interrompue en fin d'après-midi. Le Premier ministre, Raimond Taiflond, souhaitait nous recevoir immédiatement. Nous nous sommes rendus à l'hôtel Matignon, même si cette invitation impromptue nous semblait un peu étrange. L'entretien aurait été plus utile s'il avait été préparé de part et d'autre. Nous avons donc rejoint sur-le-champ l'hôtel particulier qui accueille le chef du gouvernement. Les salons ne manquent pas d'impressionner ; ils ouvrent sur un superbe jardin caché de tous, dont même les arbres sont des monuments historiques.

Nous avons eu le loisir d'en profiter pendant la longue attente. Enfin, le ministre des Finances a quitté le bureau du Premier ministre. Un huissier à chaîne, tout droit sorti d'un film en costumes d'époque, nous a alors introduits auprès du chef du gouvernement, non sans m'avoir glissé que notre hôte ne parlait pas l'anglais. Il me reviendrait donc d'assurer la traduction.

Raimond Taiflond a été surnommé « l'Inoxydable » pour sa légendaire longévité. L'homme porte beau et est empli de l'importance de sa fonction. Aucun des très nombreux ennemis qui ont cherché à le perdre n'a réussi. La plupart ont été achetés, les autres ont disparu. Il se murmure que sa prochaine victime ne serait autre qu'Alexis Cordonet.

Comme tous les dirigeants français, c'est un ancien fonctionnaire qui fut quelques années professeur d'histoire, avant de présider la région Centre puis le Sénat. Son art du compromis en a fait le candidat incontournable pour diriger la grande coalition. Il est réputé pour sa subtilité dans la conduite des relations humaines, son imagination pour trouver des majorités introuvables au Parlement, son machiavélisme pour écarter ceux qui contrarient ses desseins. Il montre une aversion marquée pour la décision. N'est-ce pas étrange de la part d'un homme qui a fait toute sa carrière en politique, laquelle n'est rien d'autre que l'art de trancher ? Il ignore tout du marché, ce qui est assez logique dans un pays où il a été réduit à moins du quart de la richesse nationale. Il se méfie du monde extérieur – il se serait même vanté de n'avoir jamais voyagé en Afrique avant de diriger le gouvernement français.

D'un air un peu absent, il nous a fait signe de prendre place dans les sièges disposés autour de son immense bureau Louis XIV, qui semble avoir pour fonction première d'écraser le visiteur sous le poids de l'État. Taiflond a alors ouvert la discussion par ces mots : « On me dit que vous voulez me parler du FMI. » Je lui ai immédiatement répondu qu'il y avait sans doute un malentendu car nous étions à Paris pour évaluer la situation financière de la France. « Vous savez bien que c'est la même chose », m'a-t-il rétorqué d'un air entendu. Nos visages se sont figés, stupéfaits. Zhu a quitté sa réserve naturelle pour répliquer : « La même chose, fort heureusement non, Monsieur le Premier ministre ! La raison de notre présence à Paris est justement d'éviter toute contagion entre la situation critique de votre pays et la communauté internationale. »

Le débat s'engageait mal. J'ai coupé court et remercié le Premier ministre d'avoir pris l'initiative de nous recevoir. J'ai souligné combien nous étions impatients de disposer grâce à lui d'une vision claire de la stratégie économique de la France et de la manière dont il comptait affronter les échéances cruciales des prochaines semaines.

Raimond Taiflond, enlevant d'un geste de la main une poussière invisible sur le revers de sa veste, prit la parole d'un air bonhomme :

« Mes chers amis, dans ce type de configuration comme en toute chose, l'essentiel reste de donner du temps au temps. Trop rares sont les hommes d'État qui savent se conformer à cette antique sagesse des nations démocratiques. Comme le disait l'un de mes lointains prédécesseurs : “Il n'est pas de problème dont une absence de solution ne finisse par venir à bout.” En politique, la meilleure des décisions est souvent de ne pas en prendre ou d'attendre.

Je me doute que vous comptez m'accabler sous un déluge de nouvelles négatives et me soumettre un arsenal de réformes ultralibérales. Avant de me faire part de vos doléances, gardez présents à l'esprit trois fondamentaux. D'abord, la France est une grande nation, quelle que soit la situation de son économie. Ensuite, il faut rester optimiste : il n'est pas de crise qui ne finisse par une reprise. Enfin, les catalogues de réformes ne sont pas d'une grande utilité sans le mode d'emploi politique pour les mettre en œuvre. Et vous savez, pour être à l'écoute des médias, que le gouvernement de coalition que je dirige est sur le fil du rasoir.

La situation du pays s'est nettement améliorée depuis la refondation de la République il y a six ans autour du rôle central du Parlement et de la fonction d'ultime recours dévolue au président de la République. Nous avons réussi à stabiliser un édifice vermoulu. Il avait subi des chocs terribles : plusieurs restructurations financières, la sortie de l'euro, la dislocation du grand marché ou les crises franco-allemandes. Aujourd'hui, le cap est clair, la route est droite. Mais le char de l'État peut à tout moment verser s'il est déstabilisé par des secousses venues de l'extérieur. Avec des conséquences dramatiques pour la France, mais également pour l'Europe et le reste du monde.

Vous devez certes vous prononcer sur des éléments techniques. Interrogez-vous aussi sur la raison d'être et l'objectif du FMI : s'agit-il vraiment de favoriser le retour de l'extrême droite au pouvoir, voire de provoquer un putsch militaire sous l'autorité d'un autre quarteron que le vôtre, formé de généraux celui-là ? Nous avons déjà connu trois plans d'ajustement du FMI en 2025, 2029 et 2034. Plus aucun Français n'y croit. Le FMI est l'une des rares institutions qui soient encore plus discréditées que nous, les dirigeants politiques. Les Français sont fatigués de vos plans et de vos réformes, et, pour dire le vrai, je ne suis pas loin de partager leur point de vue. »

Douglas Mac Arthy, dont l'énervement devenait manifeste, s'est alors enquis de la manière dont le gouvernement français comptait faire face aux échéances de la dette publique d'ici à la fin de l'année. « Eh bien, cher ami, répondit le Premier ministre, comme à l'accoutumée, nous ne les paierons pas et nous attendrons que l'Union européenne convoque une conférence des créanciers pour négocier une nouvelle restructuration. » Là, Doug frôla l'apoplexie. « Réalisez-vous que, cette fois, c'est différent ? Vous ne pouvez plus compter ni sur l'aide de l'Union ni sur la bonne volonté de vos créanciers. La France est seule. Plus personne ne veut miser un dollar sur votre pays. Et comment pourrait-il en être autrement quand l'État dépense deux fois plus que ses recettes fiscales ; quand les quatre cinquièmes de la population dépendent des transferts sociaux ; quand les entreprises sont en faillite ou se sont délocalisées ? »

Le Premier ministre a longuement fixé Doug puis, en ôtant ses lunettes, a laissé tomber : « Laissez-moi vous dire, monsieur, que le fond du problème est que vous n'aimez pas la France et que moi non plus je ne vous aime pas. Il y a toujours eu chez vos semblables, qu'ils soient dirigeants politiques, chefs d'entreprise ou journalistes, une volonté de nous faire disparaître. Cette volonté, nous ne l'acceptons pas. Quant au fait d'être seule, la France en a une longue expérience et ne s'en plaint pas : c'est la marque de ce que, contrairement à nombre d'autres nations, elle est toujours debout et souveraine. Sur ce, je vous souhaite le meilleur succès dans votre mission et mes services se tiennent naturellement à votre disposition pour en faciliter le bon déroulement. »

C'est sur ces paroles, sans même avoir abordé la réalité de la situation financière de la France, que s'est achevée une rencontre qui aurait dû être décisive pour négocier une solution de redressement. Je n'ai jamais vu un pays et des dirigeants unanimement dressés pour maintenir ce qui fait leur perte et refuser ce qui les sauverait. Quant au

Premier ministre, mon jugement n'est pas arrêté : un homme d'une intelligence supérieure qui nous manœuvre et masque ses intentions sous une légèreté affichée ; ou un parfait incapable qui a perdu tout contrôle d'une situation dont il ne perçoit même pas la gravité ? Décidément, je peine à entrevoir un moyen d'aligner les intérêts de ce pays sur ceux du FMI !

Lettre 10

De Sarah à son père, Alassane Bono

San Francisco,
le 5 octobre 2040

Dis-moi, mon petit Daddie, est-ce le démon de midi qui te saisit ? Toi, l'homme le plus rationnel qui soit, l'homme dont les pairs encensent le jugement ! Faut-il qu'elle t'ait ensorcelé, cette danseuse, pour que tu t'installes à Paris… Et que tu n'acceptes de communiquer qu'en français. Et dire que tu étais pour nous un modèle de vertu…

Trêve de mauvaises blagues. Ici, dans la Silicon Valley, peu de gens ont fait le rapprochement entre toi et moi, en dehors de quelques amis et bien sûr de la famille de Ted. Et, à vrai dire, cela me va bien.

Dans la galaxie des entrepreneurs que côtoie Ted, nul ne s'intéresse habituellement au FMI. Encore moins à l'Europe, qui a disparu de leur horizon économique, excepté l'Allemagne. Mais la perspective d'un plan de sauvetage du FMI pour la France déclenche les gros titres des médias. Dans leur sillage, les leaders du parti républicain se déchaînent : tu es le technocrate en chef, l'irresponsable qui va engloutir le bon argent des contribuables américains dans le puits sans fond de la dette européenne. Et ce, pour renflouer un pays au ban de la communauté internationale, qui floue sans vergogne ses créanciers, tentant même de les assigner devant ses propres juridictions pour les priver de leurs droits après les avoir spoliés de leurs capitaux. Un pays qui a régulièrement pris en otages les autres nations européennes. Même les plus vertueuses d'entre elles ont failli être ruinées à leur tour par les garanties qu'elles ont apportées à la dette française. Et tout cela dans le but de préserver la paix sur le continent !

Du côté des marchés, c'est juste pire. La réunion annuelle de notre fonds, à laquelle sont invitées les grandes banques et les institutions financières internationales, s'est tenue la semaine dernière. Par hasard, j'ai saisi au vol une conversation qui portait sur la France à une table où s'étaient regroupés responsables des banques centrales et ceux des fonds souverains. Je te livre la conclusion du président du G10 qui rassemble les principales banques centrales : « Pour ce qui est de la France, il ne reste plus rien à shorter. Nous avons vendu la totalité dc la dette publique. Nous ne sommes plus exposés que sur des actifs privés non financiers qui sont le plus souvent cotés hors de Paris. La faillite de la France ne nous pose aucun problème. Les seules victimes seront les Français à travers leur fameuse assurance vie – mais ils l'ont bien mérité – et le FMI si Alassane Bono persiste dans son délire francophile. »

Tu répètes souvent que la finance est une chose trop sérieuse pour être laissée entre les mains des banquiers centraux et des financiers. Mais je crie casse-cou ! Tu ne peux pas te placer, et le FMI avec toi, en opposition frontale au G10 et aux marchés : pile, ils gagnent ; face, tu perds.

Quand j'ai commencé dans la finance, tu m'as rappelé que la tactique ne devait jamais supplanter la stratégie. La stratégie consiste à s'adapter aux surprises, à savoir renoncer aux plans parfaits qui généralement échouent. Il faut leur préférer les plans imparfaits qui souvent réussissent. Avoir systématiquement en tête un plan B qui permet de réagir en cas de ratage du plan A : c'était ta règle. Alors, je ne sais pas quel était ton plan A, mais je pense qu'il est grand temps pour toi de passer au plan B.

Errare humanum est, perseverare diabolicum.

Vale !

Lettre 11

De Alassane Bono à sa femme, Stella Haïdjia

De l'hôtel Ritz à Paris,
le 6 octobre 2040

Troublé et passablement affecté par la succession d'événements de cette semaine, j'ai décidé de m'échapper du quartette pour consacrer cette journée de samedi à des activités privées. J'ai accepté les invitations du responsable local de la fondation Impala créée par ton père, puis, dans un tout autre registre, celle du tycoon du luxe, Albert Pinardault.

Cette journée particulière m'a fait découvrir les deux faces de la France : misère des bidonvilles ; richesse démesurée de quelques entrepreneurs à succès. Cette société a détruit ses classes moyennes. D'abord à coups de déflation suivie d'hyperinflation. Puis avec l'extension sans limites d'une fonction publique prolétarisée par l'insolvabilité qui guette. La déstabilisation des classes moyennes n'a pas manqué de saper les institutions. Au même moment, leur ascension accélérait le développement de l'Afrique et consolidait la liberté politique.

J'ai débuté la journée avec la fondation Impala. Ses actions m'ont été présentées au cours d'une visite dans les quartiers du nord de Paris, ces bidonvilles que j'avais survolés en arrivant. Le directeur régional des programmes que tu connais est venu me chercher dans une voiture de la fondation bénéficiant d'un sauf-conduit pour circuler dans cette jungle urbaine. Le fidèle Le Menh a tenu à être de la partie alors que son service ne le lui imposait pas : nous étions samedi. Bien sûr, il avait tout fait pour me dissuader d'entreprendre cette expédition. Mon obstination a eu raison de tous ses arguments. Néanmoins, la panoplie dont il s'est muni a réussi à m'inquiéter. Pour autant, je n'en ai rien montré.

Le trajet n'a pas été très long mais quel saisissement ! Au départ, nous circulons dans un environnement urbain classique. Puis, après quelques rocades, au nord du quartier des affaires de Saint-Denis, nous abordons un autre monde : des zones entières de cabanes précaires s'adossent à une forêt de tours lépreuses. Les rues se métamorphosent en pistes défoncées ; d'où l'utilité du véhicule tout terrain qui, à notre départ, m'avait paru incongru. Des câbles à nu, hirsutes, grimpent le long des tours. Des conduites d'eau éventrées créent des marécages. Des monceaux d'ordures, quelques décharges sauvages et une puanteur insoutenable complètent le tableau.

Au milieu, une foule grouillante avance avec les moyens de transport les plus disparates, de la charrette à la voiture sans oublier le deux-roues. Une activité fébrile anime ce capharnaüm : elle fait vivre les bidonvilles mais sert aussi à alimenter la ville-musée. « Ici, m'a dit notre chauffeur, on ne s'arrête sous aucun prétexte ! Surtout pas en cas d'accident ! Ils désossent tout : véhicule et passagers. La planche de salut, c'est de se couler dans le flot en douceur, mais de foncer en cas de problème. Pour avoir ignoré ces principes de base, un ministre a failli y laisser sa peau le mois dernier. »

De cahots en nids-de-poule, nous arrivons à l'école de la fondation. Le local est sobre mais bien équipé et entretenu. Il contraste avec l'état du collège voisin dont on aperçoit la carcasse calcinée. Les professeurs de la fondation habitent à proximité, pour la plupart. Ils sont motivés et multiplient les projets éducatifs. Tous ont d'ailleurs tenu à être présents. L'école accueille tous les enfants, sans distinction de nationalité, de religion ni de sexe. La plupart des établissements publics ont, eux, renoncé à scolariser les filles.

Les résultats sont tels que l'école fait partie d'une filière d'établissements d'excellence. Elle permet aux enfants les plus doués de poursuivre un cursus jusqu'au baccalauréat ; ils rejoignent ensuite l'une des cinq cents meilleures universités mondiales où ils bénéficient de bourses. Ceux qui réussissent ont pour seule obligation de parrainer un jeune et, s'ils le souhaitent, une nouvelle école. « Notre succès est notre plus grand problème. Nous manquons cruellement de places pour répondre aux milliers de demandes que nous recevons. Vous comprenez, m'a dit la directrice, notre objectif est de sortir les enfants du ghetto par l'apprentissage des connaissances et par l'effort. Le système public tend à les maintenir dans le ghetto en faisant semblant d'enseigner à des élèves qui font semblant d'apprendre. »

Puis nous nous sommes rendus au siège de notre association spécialisée en microcrédit. Son activité double tous les dix-huit mois. Comme partout, les femmes sont les moteurs du développement. Nos clients sont à 95 % des clientes. Elles montrent une efficacité et une solidarité impressionnantes dans la conduite de leurs projets. La plupart d'entre elles ont été abandonnées avec de nombreux enfants à charge par leur mari, puis par les services sociaux et l'État. Elles ont souvent côtoyé le désespoir avant de trouver la force de réagir pour sauver leurs enfants.

Du coup, elles font preuve d'un esprit d'entreprise, d'une imagination et d'une détermination qui n'ont rien à envier aux plus performants des entrepreneurs. Elles concentrent entre leurs mains tout ce qui reste d'activité légale dans ces bidonvilles. Elles résistent avec un courage stupéfiant aux pressions et aux menaces des bandes et des clans. Elles dénoncent à juste titre le retrait de toute autorité publique de ce territoire qui couvre la surface de trois départements.

L'argent de la fondation ne peut certes pas être mieux investi que dans ces programmes de scolarisation et de microcrédit. Ils s'attaquent aux deux gènes de la grande pauvreté : l'analphabétisme et la raréfaction du travail qui découle de la disparition des entreprises. Je reste cependant sous le choc de la misère, de la violence et de la négation de la dignité humaine qui font la vie quotidienne de cette population. Sous le choc aussi de l'effondrement d'un État autour duquel s'est construite la nation française. Longtemps, il fut l'un des plus forts et des mieux organisés du monde. Quand je constate la qualité de l'ordre et des services publics dans la plupart des pays d'Afrique, d'Amérique latine ou d'Asie, je n'arrive pas à comprendre comment des pans entiers de la population et du territoire français sont désormais livrés à l'anarchie et à la loi de la rue.

Le Ritz m'est apparu comme un continent irréel à mon retour. Et que dire de l'hôtel Lambert qu'Albert Pinardault a racheté et restauré pour recevoir ses invités de marque ! Plus encore que lors de ma visite chez le Premier ministre, il m'a semblé que la France éternelle s'était réfugiée entre les murs de ce joyau de l'architecture du XVIIe siècle, construit par Louis Le Vau à la pointe de l'île Saint-Louis.

Albert Pinardault sait se montrer un hôte aussi exquis qu'il est un homme d'affaires sans foi ni loi : son coup d'œil, sa rapidité de décision, sa brutalité et sa totale absence de principes lui ont permis de constituer la troisième fortune mondiale. C'est du moins ce que rapporte la légende. Il m'a accueilli en compagnie de sa jeune épouse chinoise, Wendy Cheng. Elle est souvent présentée comme l'émissaire le plus emblématique des innombrables maisons de couture et de joaillerie que possède son mari. Nul ne peut prétendre sortir indemne de la plongée dans ses yeux gris perle. Docteur en physique et en médecine, spécialiste du cerveau, elle est aussi une violoniste émérite. Elle donne régulièrement des concerts de jazz où le Tout-Paris se bouscule. Il n'est pas jusqu'au président Lamentin qui n'ait été surpris en train de fredonner un de ses airs.

Tous deux ont mis un point d'honneur à se transformer en guides pour me faire visiter de fond en comble l'hôtel Lambert. J'ai pu admirer notamment le cabinet des Bains peint par Le Sueur. Détruit il y a trente ans, il a été méthodiquement restauré pendant près d'une décennie. À la fin de la visite, quatre couples de convives, choisis par Albert Pinardault parmi ses pairs, nous ont rejoints pour le souper.

Tout ce que j'ai pu connaître auparavant s'est trouvé balayé par l'élégance et le raffinement de ce dîner en ville. Je n'en ai pas pour autant oublié la conversation dont l'objet était la France avec un grand F. Les échanges ne manquaient ni de sel ni de fiel. J'ai pourtant conscience de ne pas avoir percé à jour toutes les allusions et formules à double détente.

Les convives ont confirmé ce que nous avons découvert sur la faillite du pays. Ils se sont montrés plus pessimistes encore que mes collègues sur la possibilité d'un nouveau sauvetage financier. Ce qui m'a le plus intéressé, c'est leur position vis-à-vis de leur patrie d'origine. À titre personnel, aucun d'entre eux n'est résident français et la plupart ont aussi renoncé à leur nationalité pour couper tout lien juridique et fiscal avec leur pays. Les sièges sociaux de leurs groupes et leurs places de cotation sont situés à l'étranger, délaissant la fantomatique Bourse de Paris où ne restent que des entreprises publiques. Pourtant, tous possèdent des actifs et continuent à produire en France. Tous conviennent que leurs entreprises vivent d'une manière ou d'une autre de l'image de la France, qu'elles ont développé leur prospérité à partir de l'histoire et de la culture françaises.

Je me suis autorisé de la franchise de leurs échanges pour m'étonner de cette forme de dédoublement de la personnalité. Était-il économiquement soutenable et moralement acceptable d'élever des fortunes privées sur la faillite de la nation qui les nourrissait ?

« Nous avons naturellement conscience du problème, m'a répondu Albert Pinardault, mais nous n'avons pas le choix, c'est une question de survie. Si nous soumettons nos entreprises au système fiscal et social français, elles sont mortes : la compétition internationale les tuera. Songez que le taux officiel des prélèvements de tous ordres sur les entreprises atteint 75 %, soit trois à quatre fois plus que dans toutes les autres nations. Si nous nous plaçons sous les lois françaises confiscatoires pour la propriété privée, nos concurrents rachèteront nos groupes à vil prix. Ici même, nous rencontrons de plus en plus de difficultés à trouver des collaborateurs, y compris français, qui acceptent de travailler en France. Les polémiques verbales et les agressions physiques contre les dirigeants et les salariés du secteur privé les effraient ; elles sont de plus en plus fréquentes.

N'oubliez pas que la concurrence, elle aussi, s'est modifiée et renforcée. Hier, l'industrie du luxe était un monopole européen. Ses ingrédients sont l'histoire, la culture, la créativité, la disponibilité d'une main-d'œuvre hautement qualifiée. La Chine n'a pas manqué de comprendre qu'elle disposait de ces mêmes atouts. Ajoutez à cela le réchauffement climatique qui a fait sur le vignoble français des ravages comparables à ceux du phylloxéra à la fin du XIXe siècle. Voilà des années que nous rachetons des entreprises de luxe asiatiques et des espaces agricoles en Afrique pour conserver nos positions. Voilà des années que nous investissons dans des terres au nord de l'Europe pour continuer à produire du champagne. L'image de la France dans le luxe reste importante. Mais nos clients, nos produits et nos marques sont de plus en plus déconnectés de son territoire.

Enfin, notre ruine inéluctable, si nous restions en France, ne servirait en rien le redressement du pays. Toutes les recettes supplémentaires captées par l'État financent depuis des décennies de nouvelles dépenses et pas du tout le désendettement, contrairement aux promesses faites aux créanciers. Quant aux comptes extérieurs, ils seraient encore plus dégradés car nous conservons tous des activités fortement exportatrices en France qui disparaîtraient avec nous ou seraient délocalisées par leurs acquéreurs.

Nous n'ignorons pas l'intérêt général. Mais nous sommes les mieux placés pour savoir qu'il n'est plus porté par un État prédateur et corrompu. Vous êtes notre modèle avec la fondation Impala et c'est aussi pour cela que nous tenions à vous rencontrer. Chacun d'entre nous a créé une ONG dans des domaines différents, selon ses goûts et les compétences dont disposent nos entreprises. Au total, nous mobilisons des budgets supérieurs à ceux de la plupart des ministères et nous nous coordonnons pour soutenir ce qui peut encore l'être, en substituant l'initiative privée à la défaillance de l'État.

La situation varie du reste très fortement selon les régions. Comme vous l'avez constaté ce matin, elle est irréversiblement compromise à la périphérie de Paris. Il est bien clair qu'il n'est pas dans nos moyens de pouvoir restaurer la loi et l'ordre public dans une agglomération de vingt millions d'habitants, dont seuls le centre et quelques enclaves bénéficient encore d'une relative sécurité. Sachez que la plupart des lieux que vous fréquentez à Paris, à commencer par cet hôtel, par les palaces ou les palais nationaux, sont protégés par de véritables armées privées. Pour revenir à votre question, la seule manière de préserver nos entreprises mais aussi d'être de bons patriotes consiste à opérer depuis l'étranger, hors de portée du système politique et social français. »

Décidément, en France, rien n'est simple. La schizophrénie semble régner en maîtresse dans tous les lieux de la société, sauf chez les très pauvres qui ne peuvent s'offrir le luxe d'une maladie mentale.

Lettre 12

De Alassane Bono à sa fille, Reckya

De l'hôtel Ritz à Paris,
le dimanche 7 octobre 2040

Ma très chère Reckya, je vais avoir sérieusement besoin de ton aide pour les activités muséales de la fondation Impala. Tu vas voir pourquoi.

J'avais décidé de partager aujourd'hui mon temps entre une messe à Notre-Dame et les musées.

Paris, le dimanche, ne ressemble à aucune autre métropole. C'est une ville morte ; tout est fermé car le travail est interdit. Ceci, outre les problèmes de sécurité, explique la fuite des touristes.

L'accès à la cathédrale Notre-Dame relève du parcours du combattant, depuis qu'un attentat à la voiture piégée a fait exploser le collège des Bernardins, proche de l'île de la Cité. Tout est bouclé et transformé en un périmètre de haute sécurité. J'ai dû une nouvelle fois mon salut à mon officier de police, le major Le Menh, qui m'a aidé à franchir les barrages. La messe célébrée par l'archevêque de Paris était magnifique. Des accents dignes de Bossuet perçaient dans le prêche sur la réconciliation. Mais Le Menh a ruiné mes illusions en me glissant que le quart des fidèles qui assistaient à l'office étaient en réalité des policiers.

S'il est bien vrai que la pire des guerres est la guerre civile, la pire des guerres civiles est la guerre de religion. Je me félicite que notre continent s'en soit libéré. L'une de mes plus grandes fiertés demeure ma participation aux rencontres œcuméniques de Cotonou en 2035, quand furent dessinés les accords qui mirent fin au sanglant affrontement entre sunnites et chiites.

En sortant de Notre-Dame, je suis allé visiter le musée de l'Exception française qui a été installé dans les anciennes Archives nationales. À défaut d'apporter des connaissances historiques, il instruit sur « l'âme » et sur la vision du monde qui anime beaucoup de Français. Quatre salles m'ont particulièrement troublé.

La première était consacrée à l'identité nationale en tant qu'arme de la démondialisation. Comme s'il était possible pour une nation de se dresser contre l'esprit du siècle ! La deuxième était dévolue à la langue française mais ignorait délibérément le milliard d'individus qui la parlent en dehors de la France. Un vaste espace faisait l'apologie de l'État et des « services publics à la française ». D'après ce que j'ai pu voir, ils me semblent plutôt être au cœur des problèmes du pays. Enfin, toute une aile, sous le titre « Le bel avenir de l'exception culturelle française », vantait le protectionnisme et dénonçait « la tentative hégémonique du condominium formé par le monde anglo-saxon et le monde émergé ». Heureusement, le musée était vide, ce qui m'a laissé l'espoir qu'il soit peu fréquenté, particulièrement par les jeunes Français.

J'en viens à l'objet principal de ma lettre et à ma requête. J'ai passé la majeure partie de l'après-midi au musée du quai Branly, à l'invitation de son directeur, Nathanaël Gide, l'héritier de la prestigieuse lignée de conservateurs. C'est avec lui que la fondation a négocié le dépôt du legs Impala, qui compte parmi les plus belles collections d'objets d'art de l'Afrique de l'Ouest. Or ce qu'il m'a livré est à peine croyable. La sécurité des collections n'est absolument plus assurée. De très nombreux vols sont déjà intervenus. Face à la disparition des crédits publics et des ressources du mécénat, il a dû se résoudre à céder des pièces mineures dont il ne présente plus que des fac-similés. En dehors des deux derniers sanctuaires – le Louvre et le château de Versailles originaux –, cette situation est, selon ses dires, le lot général des musées français.

Nous sommes convenus ensemble de deux actions d'urgence pour lesquelles j'ai besoin de ton aide. D'abord, il faut organiser rapidement, dans des conditions de sécurité et de discrétion parfaites, le rapatriement en Afrique du fonds Impala. Nous laisserons des copies qui seront présentées au musée du quai Branly. Parallèlement, établis une liste des œuvres d'art africain dont la fondation pourrait proposer l'acquisition. Accorde une attention particulière à tout ce qui touche à l'ancien Dahomey et au royaume de Béhanzin.

Merci d'aller vite. J'ai promis au directeur du musée de revenir vers lui et de lui proposer une solution globale avant la fin de mon séjour à Paris.

Lettre 13

De Stella Haïdjia à son mari, Alassane Bono

Cotonou,
le 8 octobre 2040

Mon cher Alassane, ici à Cotonou, tout va pour le mieux. La maison est en ordre, les affaires prospèrent. Il est impressionnant de voir affluer vers le golfe de Guinée les entrepreneurs, les cerveaux, les capitaux du monde entier. Il ne manque que toi.

Le Bénin donne raison à tes rapports du FMI. L'Afrique est l'étoile montante du XXIe siècle. Elle dispose du premier réservoir de main-d'œuvre mondial avec plus d'un milliard d'actifs de mieux en mieux formés. Soixante pour cent de la population est urbanisée. Les infrastructures ont été modernisées et les logements multipliés, les bidonvilles éradiqués. La classe moyenne compte plus de six cents millions de personnes. L'éducation porte notre jeunesse à la pointe des technologies ; elle l'émancipe et l'ouvre sur le monde. L'Afrique est devenue le marché le plus dynamique pour les industries agroalimentaires, les télécommunications, les services à haute valeur ajoutée.

Tes théories sur l'originalité du modèle de développement africain étaient contestées ; elles se révèlent exactes. Comme les « Dragons », les « Tigres » puis les émergents asiatiques, les Trente Glorieuses africaines sont marquées par une croissance supérieure à 8 % par an. Mais son moteur se trouve davantage dans la consommation intérieure que dans l'exportation. La création du Très Grand Marché africain en 2027 a encore accéléré son élan. Seconde différence avec l'Asie : nous avons pris garde de préserver notre environnement pour permettre un développement durable. Nos immenses réserves de terres et d'eau peuvent d'autant mieux être valorisées qu'elles ne sont pas polluées. Les formidables ressources d'énergie renouvelable ont permis une croissance respectueuse de la qualité de l'air. Et l'exploitation du pétrole offshore a mis fin à l'économie du kpayo, ce trafic d'essence frelatée en provenance du Nigeria qui faisait tant de morts et dévastait tout.

La spirale positive entre les gains de productivité du travail, le niveau de vie et la rentabilité du capital entretient une croissance intensive. Je lis que notre appareil de production se diversifie et augmente sa valeur ajoutée grâce à une phénoménale créativité. La révolution verte valorise le stock de terres arables disponibles, faisant de l'Afrique le grenier du monde. Elle nourrit sans difficulté notre population : 1,8 milliard de femmes et d'hommes !

Je m'inquiète bien sûr des bulles sur les marchés boursiers et sur l'immobilier. Rançon de nos succès, l'afrodol est de plus en plus surévalué : les capitaux en quête de stabilité et de rendement affluent vers notre monnaie commune. Le marché intérieur ne s'en porte que mieux, ce qui sert la croissance de mon groupe de médias. À l'inverse, les exportations s'en trouvent un peu ralenties. Par ailleurs, quelques foyers d'instabilité subsistent encore autour de conflits tribaux résiduels.

Tout ce que vous analysez, je le vis et je le vois ici, à Cotonou. Depuis la fenêtre de mon bureau, je découvre la skyline élégante du quartier d'affaires de la Nouvelle-France qui se déploie. À l'est, la ville a poussé le long de la côte, entre le golfe du Bénin et le lac Nokoué, jusqu'à rejoindre Porto-Novo. À l'ouest, elle s'étend vers Ouidah. Les écoquartiers de l'agglomération sont desservis par des transports rapides et un train à très grande vitesse assure des liaisons cadencées avec Lagos, Lomé et Accra. Derrière, on aperçoit la mer, sillonnée par une myriade de porte-conteneurs géants. Leurs mouvements rythment l'activité du port, autour des îles artificielles qui n'ont cessé de l'agrandir pour répondre à la saturation des infrastructures de Lagos.

Mais ce que j'aime plus que tout, c'est que le développement n'a pas tué l'âme de cette ville. Des nuées de zems sillonnent les artères. La nuit, les phares de leurs puissantes motos illuminent ce grand corps urbain. Les affaires trépident, mais la vie se déploie à l'air libre autour des marchés géants. À Dantokpa et Adjara, se pressent, dans un désordre savamment aménagé, les boutiques de mode et les maroquiniers, les designers et les créateurs, les tisserands et les potiers, les sculpteurs et les peintres. Cotonou est plus que jamais le plus grand marché de l'Afrique de l'Ouest, de jour comme de nuit. Tout le long des immenses plages, les grandes pirogues déchargent poissons et fruits de mer au pied des restaurants qui les préparent aussitôt. La lagune et le lac Nokoué sont intacts. La Route des pêches et ses palmeraies ont finalement été sauvegardées. Le succès de la cité lacustre de Ganvié ne se dément pas auprès des flots de touristes en quête d'authenticité : tant mieux !

Tu connais la devise de Cotonou : « La mondialisation a un cœur ; il bat en Afrique et au Bénin. » Et c'est vrai ! Chaque séjour ici constitue pour moi un bain de jouvence. Il me rend optimiste sur l'avenir de l'humanité.

Les jeunes Européens le savent bien qui sont de plus en plus nombreux à s'installer au Bénin. Ils gagnent sur les deux tableaux : ils profitent de l'hypercroissance du Nigeria tout en bénéficiant de notre qualité de vie. Cotonou est faite pour eux. Ils se sentent d'emblée chez eux dans cette ville ouverte sur la mer : elle vibre, elle crée, elle fait la fête. Nous venons d'accueillir la Coupe du monde de Maracanã. L'an prochain, Cotonou sera capitale mondiale de la culture. J'ai mis tout le monde sur le pont pour couvrir l'événement et y contribuer. Les projets fleurissent de toutes parts.

Je me calme… Tout cela pour te le redire : ta place est à Washington ou à Cotonou, mais certainement pas à Paris où je me désole de te voir te perdre. C'est aussi l'avis de notre président, Raphaël Oumbeledji. Tu sais que le dimanche après-midi, il aime recevoir des visiteurs venant de tous les horizons. Il reste ainsi en prise avec notre époque. Il m'a fait signe de passer hier en fin de journée. Il m'a reçue avec une extrême cordialité, en costume traditionnel. Il m'a longuement interrogée sur les enfants et sur mes activités. Je vais exercer pour lui une veille médiatique sur « Cotonou, capitale mondiale de la culture ». Je lui signalerai tout incident qui pourrait compromettre sa réussite.

Il en a profité pour prendre de tes nouvelles. Il a mentionné incidemment ta mission à Paris. Elle a été évoquée la semaine dernière au cours de la réunion du Fonds monétaire africain. Visiblement pas en bien, même s'il est resté très discret sur la teneur de la conversation. Le président t'estime et te soutient. Il est beaucoup trop fin pour exprimer directement ses craintes et sa désapprobation. Mais le message était parfaitement clair.

Tu ne t'es jamais mêlé de la gestion de mes affaires. À juste titre. Je ne me suis jamais immiscée dans la conduite du FMI. À juste titre. Mais nous avons souvent confronté nos avis dans les moments importants.

Tu es aveugle pour ne pas voir qu'en France, tu me décris la chronique d'une catastrophe annoncée. Pour ma part, j'applique nos règles de vie et ne dis rien à personne, pas même à nos enfants. Mais tous trois m'ont fait part de leur inquiétude et de celle de nos amis. Il est grand temps que tu ouvres tes yeux et tes oreilles. Y compris vis-à-vis des autres membres de ton quartette. Mon expérience me dit que lorsqu'on commence à travailler dans le dos de son chef, on finit toujours par tenter de le poignarder.

Lettre 14

De Alassane Bono à sa femme, Stella Haïdjia

De l'hôtel Ritz à Paris,
le 9 octobre 2040

Merci, ma chère Stella, pour les excellentes nouvelles que tu me donnes de toi et du Bénin. Rien ne peut me faire davantage plaisir. Mais ton optimisme sur l'avenir de notre continent ne doit pas conduire à un excès de pessimisme sur celui du Vieux Monde. Les maux qui l'accablent y masquent d'immenses ressources. Le capital accumulé durant les siècles où il domina la planète est considérable.

Ici, on devine l'existence de masses d'épargne souterraines qui ne demanderaient qu'à s'investir pour développer des activités et des projets innovants, si le système réglementaire et fiscal était plus raisonnable. Sous la faillite de l'État pointe la résilience du capital immatériel propre aux grandes nations. La gabegie publique va de pair avec la vitalité de la société civile.

Chez les plus pauvres comme chez les plus riches, un potentiel de créativité se libérera pour peu que les uns et les autres réapprennent à vivre ensemble au lieu de cultiver leurs peurs. Il subsiste un formidable capital humain qui ne s'investit pour l'heure que dans la poursuite des ambitions individuelles mais qui ne demande qu'à se mobiliser autour d'un projet collectif. C'est vraiment dommage ! À preuve, le succès de l'Allemagne qui a réussi à valoriser ces atouts pour continuer à figurer parmi les nations les plus compétitives du monde. Or je ne vois pas pourquoi ce qui est accessible aux Allemands serait hors de portée des Français.

J'ai rencontré ce matin le premier président de la Cour des comptes, Charles-Amédée de Courbon. Il m'a donné l'une des clés pour comprendre ce paradoxe. Il m'a reçu très aimablement dans la bibliothèque majestueuse mais fort décatie de son palais. L'eau goutte des fissures du toit jusque sur les grimoires de la Chambre des comptes qui remontent au XIIIe siècle. Sous ces voûtes qui s'affaissent et ces fresques qui s'effacent, sa longue et digne silhouette de hobereau de province ressemble à celle du dernier des dinosaures attendant son extinction. J'ai senti chez lui une grande intelligence en même temps qu'un profond renoncement. Ce spécialiste mondialement respecté des finances et de la comptabilité publiques m'est apparu usé, comme s'il avait perdu tout espoir de ramener les dirigeants et les citoyens de son pays à la raison. Il est vrai que sa nomination comme ministre des Finances fut aussi souvent annoncée que systématiquement écartée en raison de son indépendance d'esprit, de sa droiture et de sa rigueur.

D'une voix douce et voilée qui n'enlève rien à l'autorité de sa parole, il m'a fait remarquer que la distance qui semblait s'être établie entre la France et le monde du XXIe siècle découle de la dislocation de la nation française, éclatée en une myriade d'individus, de communautés, de régions. Leur coexistence n'a plus rien de pacifique sur un territoire lui-même très hétérogène. D'où l'image faussée que renvoient les statistiques nationales ou les données agrégées qui sont établies par les organismes européens ou internationaux.

« Je serai le dernier à sous-estimer la capacité de nos dirigeants à s'émanciper du réel et de toute discipline intellectuelle ou financière, m'a confié ce sage. L'institution que je préside en fut l'une des premières victimes. Le gouvernement nous a coupé les vivres lorsque nous avons, dans nos fonctions d'auditeur indépendant des finances publiques, pris le parti de l'Union européenne pour dénoncer le truquage des comptes de la nation et soutenir les réformes de structure. En dépit de l'inamovibilité de ma fonction, j'ai été l'objet d'une campagne d'une violence inouïe réclamant ma démission. Mon crime était d'avoir rappelé que l'impôt n'avait pas pour première fonction de forger l'égalité de revenus entre les citoyens mais de couvrir les charges publiques, et ce, en pénalisant le moins possible la croissance et l'emploi.

Je conviens que rien n'est plus décourageant que de faire l'inventaire des multiples rapports et enquêtes de notre Cour. Comme d'ailleurs de ceux de l'Union européenne et des organismes internationaux. Ils s'accordent en tout point sur le diagnostic et sur les remèdes. En vain. Chaque crise, que ce soit en 2025, en 2031 ou encore en 2034, a été l'occasion de négocier un nouveau sursis pour ne pas traiter les problèmes. Songez qu'après douze réformes des retraites depuis la fin du siècle dernier, le système n'a toujours pas rétabli son équilibre financier… La dette accumulée et les inégalités en défaveur des jeunes ont conduit à son démantèlement de facto.

Le paradoxe est déconcertant entre les atouts dont dispose ce pays et la bombe à retardement qu'il est devenu pour lui-même comme pour ses voisins. L'explication est simple : il n'existe plus une France mais des Français. Chacun poursuivant son destin. L'État, autrefois ciment de la nation, est devenu son cancer. C'est en cela que la crise financière n'est que le révélateur d'une crise historique, morale, existentielle. Les Français ne croient plus à la France. Durant plusieurs décennies, ils se sont partagé les dépouilles de l'État-providence qui a cannibalisé l'État régalien. Arrivés à la carcasse, ils se dévorent entre eux. Il est inutile de rechercher une solution technique ou purement financière.

Seule une refondation politique pourrait esquisser une issue à la tragédie française. Mais pour cela, il faudrait que les Français possèdent encore la volonté de faire nation. À mon corps défendant, je crois aujourd'hui que la France n'échappera plus à l'effondrement de son État et qu'elle exportera son instabilité à l'Europe du Sud. Elle ruinera ainsi le difficile redressement de cette région, pourtant soutenue par le dynamisme de l'Afrique. »

Cette vision d'un pays écartelé, à l'aspect d'une peau de léopard, m'a été confirmée lors des visites de terrain organisées dans le cadre de l'audit des politiques publiques.

Le proviseur du lycée Louis-le-Grand nous a présenté cet établissement d'excellence, aux antipodes du collège réduit à l'état de squelette noirci que j'avais entrevu lors de ma plongée dans le nord de Paris. Ici, tout n'est qu'ordre, savoir et exigence. Le lycée caracole en tête des classements internationaux. Son fonctionnement repose sur l'autonomie pédagogique et financière, sous le contrôle d'un conseil d'administration composé de personnalités indépendantes. Professeurs et élèves sont sélectionnés sur les seuls critères de la compétence et du goût pour la connaissance. Le coût des études est élevé, mais nul pour les étudiants modestes qui bénéficient de bourses généreuses. Le lycée fait partie d'un réseau mondial qui rassemble les meilleures écoles de la planète et oriente les élèves vers les universités les plus réputées. « Notre fierté et notre meilleur résultat, c'est que cent pour cent de nos étudiants disposent de la garantie de pouvoir poursuivre leurs études, soit dans celles de nos grandes écoles qui restent au meilleur niveau mondial, soit à l'étranger », a conclu ce proviseur qui t'aurait plu par sa jeunesse et son engagement.

Le gouvernement français a également tenu à organiser une table ronde – une de plus ! – au ministère de la Défense. Non sans arrière-pensée puisque l'une de ses éternelles revendications – toujours reprise et toujours écartée – porte sur la soustraction des budgets militaires aux dépenses publiques : ils seraient en effet une contribution à la stabilité du monde, comme n'a pas manqué de nous le rappeler le chef d'état-major des armées.

Beaucoup plus intéressante fut la visite du centre de commandement opérationnel. Les installations secrètes, qui permettent d'assurer en temps réel le pilotage de plusieurs opérations, sont impressionnantes. J'ai pu suivre simultanément une action de lutte contre la piraterie dans les Caraïbes, l'appui aux forces de maintien de la paix déployées en Turquie et l'intervention de commandos en Indonésie à la suite d'une prise d'otages sur une plateforme pétrolière.

En repartant, un groupe de jeunes généraux m'a parlé avec une grande liberté de ton. Parmi eux s'est détaché le général de Boëldieu, qui assure le commandement des forces spéciales. Son charisme et son énergie, qui contrastent avec la douceur de ses traits, dénotent le grand soldat. C'est un chef adulé par ses hommes. Sa carrure est celle d'un baroudeur qui a participé, depuis qu'il est sorti de l'école de Saint-Cyr il y a plus de vingt-cinq ans, à toutes les opérations dans lesquelles la France s'est trouvée engagée. Il s'est battu sur plusieurs continents – au Proche-Orient, en Asie, en Afrique, aux frontières de l'Europe – et a notamment joué un rôle décisif dans les épisodes les plus sanglants des guerres de Syrie. Il a négocié avec l'Allemagne, où il est très respecté, la mise sous contrôle européen de la force de frappe française. C'est aussi un stratège hors pair. Le livre qu'il a écrit, *L'Intervention militaire dans un environnement de guerre civile*, sert de manuel dans les écoles militaires, y compris à West Point, aux États-Unis.

« La colonne vertébrale de la France, a-t-il laissé tomber, c'était l'État, et il n'existe plus. Et la colonne vertébrale de l'État, c'étaient sa défense et son autonomie stratégique qui ont également disparu. La France ne dispose plus que d'une "armée de 14 Juillet", qui peine à organiser un défilé à l'abri d'un incident grave. Elle a perdu toute capacité à conduire seule une intervention extérieure ou à participer à haut niveau à une opération en coalition. La vérité est que même les sous-marins et les ogives nucléaires ont dû être mis sous cocon, compte tenu de défauts critiques de maintenance : un risque d'accident majeur existait bel et bien !

L'industrie de défense s'est effondrée après le transfert du siège social d'Airbus à Hambourg. L'instabilité politique et la perte de compétitivité de la France étaient devenues des handicaps insupportables pour la première entreprise mondiale de l'aéronautique et de l'espace.

Pourtant, nous avons réussi à maintenir des compétences au meilleur niveau mondial autour des forces spéciales et de la Légion étrangère. Nous les mettons régulièrement à la disposition d'autres États contre finances. Du coup, elles comptent parmi les unités les plus opérationnelles de la planète. En contrepartie, nous avons exigé et obtenu d'être payés directement pour ces missions, ce qui nous permet de rémunérer convenablement nos troupes d'élite, de les doter des équipements les plus performants que nous achetons à l'étranger, et d'assurer la maintenance de nos matériels.

Les armées, comme toutes les autres administrations régaliennes de la République, sont mortes de la politique. Le drame s'est noué quand elles ont été réquisitionnées pour tenter – en vain – de rétablir l'ordre dans les bidonvilles, en commençant par le nord et l'est de Paris, Lille et Marseille. Le lien entre l'armée et la nation s'est cassé en même temps que les tensions communautaires et religieuses s'exacerbaient au sein de nos régiments.

L'épisode du gouvernement d'extrême droite a achevé de jeter le discrédit sur notre institution, avec le soupçon, faux mais jamais démenti, d'une alliance avec une partie du haut commandement.

La méfiance de la classe politique n'a depuis jamais cessé, alimentée par des rumeurs aussi régulières que fantaisistes de tentatives de putsch. Les coups d'État sont restés virtuels ; les coupes budgétaires, elles, ont été bien réelles. Elles ont détruit l'essentiel des pôles d'excellence et des capacités de recherche qui avaient été patiemment construits au cours des décennies. »

Le général de Boëldieu a alors marqué une pause en me fixant comme si j'étais l'un de ses officiers et qu'il voulait s'assurer que je comprenais bien son analyse et ses ordres :

« Les armées, a-t-il poursuivi, n'ont ni la volonté ni les moyens de comploter contre une République suicidaire. Mais nous nous sommes organisés pour préserver et transmettre certains de nos savoir-faire autour de formations d'élite que nous avons sanctuarisées. Nos officiers et nos soldats trouvent à s'employer sans difficulté à l'étranger. En Allemagne pour commencer, car elle dispose de budgets considérables mais doit combler le déficit opérationnel accumulé durant de longues décennies. Dans les armées privées également, dont certaines parmi les plus réputées ont été créées par nos grands anciens.

Nous sommes revenus d'une certaine manière aux armées de l'Ancien Régime, organisées autour de régiments appartenant aux puissants du royaume. Ou plutôt à un système dual. Une armée d'opérette, payée par l'État pour ne pas sortir de ses casernes. Une poignée d'unités de combat performantes, financées par des États tiers ou par des entreprises, qui, déployées sur les théâtres d'opération les plus hostiles, continuent à porter haut nos couleurs, nos traditions et nos valeurs. »

En l'écoutant, je songeais que, où que se porte le regard, la France offre des visages aussi variés qu'irréconciliables. Une partie du pays vit au XXIe siècle. Une autre reste ancrée dans l'univers keynésien et le modèle d'État-providence de la seconde moitié du XXe siècle. Une autre encore revit les heures noires des guerres de religion. Une dernière s'achemine vers un état de nature ou revient à un système féodal dans lequel les chefs de gangs remplaceraient les seigneurs. La difficulté est que nous devons négocier avec le maillon le plus faible de cette invraisemblable mosaïque ; car le gouvernement français ne contrôle plus aucune pièce du puzzle !

Lettre 15

De Alassane Bono à son fils, Jonas

De l'hôtel Ritz à Paris,
le 10 octobre 2040

Mon très cher fils, vas-tu bien ? Sans nouvelles de ta part, je m'inquiète. De mémoire, nous avons rarement laissé passer dix jours sans nous parler. Si tu rencontres quelque difficulté que ce soit, tu sais que tu peux me parler de tout, quel que soit le moment. À moins que ta mère ne t'ait rallié à sa croisade contre ma mission en France ? Depuis mon arrivée à Paris, j'ai l'impression désagréable que se tisse un complot familial pour me faire quitter au plus vite les rives de la Seine. Il est pourtant loin le temps où Paris était le lieu universel des plaisirs de l'Europe et du monde ! La ville est devenue sinistre et incite plus à la dépression qu'à la débauche.

Tu as été de toutes mes pensées au cours de cette longue journée consacrée au droit et à la justice. Plus que par la séparation des pouvoirs, les institutions françaises semblent se désintégrer peu à peu. Le Parlement et la Justice doivent être indépendants dans les nations libres, mais ils ont aussi vocation, comme toute institution démocratique, à être limités et contrôlés. En France, parlementaires et magistrats ont créé une sphère qui leur est propre. Dans cet univers qui vit non pas séparé mais détaché du gouvernement et des citoyens, étranger à la loi commune, ils agissent en électrons libres.

Anatole Bonacorsa, le président de l'Assemblée nationale, règne sur le Palais-Bourbon. En faisant et défaisant les majorités, il est une sorte de vice-Premier ministre. Il m'a décrit en ces termes le nouveau rôle du Parlement : « La VIe République a émergé de nos années de guerre civile froide et de la tentative de putsch. Elle a fort heureusement rompu avec la monarchie présidentielle de la Ve. Le

Parlement a recouvré ses droits et sa souveraineté. Le scrutin proportionnel intégral nous a libérés de la tyrannie des circonscriptions et de la prise en otages par des citoyens de plus en plus atomisés et décérébrés. Notre premier métier, c'est de faire les gouvernements en coopération avec le président de la République au fil des coalitions : c'est ce que nous appelons la coproduction gouvernementale. Notre deuxième responsabilité, c'est le vote de la loi et de l'impôt. Notre troisième fonction, c'est un contrôle étroit de l'exécutif ; nous en changeons quand il ne nous convient plus. »

Tout à coup, cet homme aussi réputé pour la finesse de son intelligence que pour ses emportements, s'est fendu d'un mince sourire : « Vous l'ignorez au FMI, mais notre République parlementaire est exemplaire. Nous sommes désormais, de très loin, le premier pays du monde en termes de lois et de normes, de variétés d'impôts et de taxes, de poids des prélèvements par habitant et par entreprise. Bien sûr, trop de lois tuent la loi et trop d'impôts tuent l'impôt. De fait, nos lois et nos impôts sont très diversement appliqués. Mais ils doivent servir de référence pour ce qui devrait être le meilleur gouvernement universel. Nous avons rétabli pour le bien commun le règne du législateur. Longtemps, on a pu dire que la loi pouvait tout faire sauf transformer un homme en femme. Eh bien, même cela, nous l'avons dépassé avec le vote de la Déclaration universelle des droits du genre et du citoyen. »

Remontant la Seine, nous nous sommes ensuite rendus chez le premier président de la Cour de cassation, Jean-Paul Caous, qui nous a reçus au cœur de l'île de la Cité, à la Conciergerie, dans ce qui fut, durant des siècles, le Palais de justice. J'étais fort curieux de sa manière de concevoir la justice dans un pays où la paix civile et l'ordre public semblent avoir disparu.

« Mettons d'emblée les choses au point, a-t-il indiqué sur un ton qui n'admettait pas la réplique. Vous êtes ici dans la seule juridiction suprême. Le Conseil constitutionnel, qui s'était poussé du col pour y prétendre, a été ramené à sa condition par la révolte du Parlement contre ses diktats et par le blocus des questions prioritaires de constitutionnalité. C'était la priorité des priorités !

Nous avons donc victorieusement poursuivi notre guerre totale contre cette procédure inique qui remettait en cause certaines de nos jurisprudences. Les juridictions administratives ont été entraînées par l'État dans sa chute. Les juridictions judiciaires sont redevenues la source et le garant de l'État de droit. Nous veillons pour cela à assurer une stricte cooptation des magistrats. Leur rémunération et le déroulement de leur carrière sont du seul ressort d'autres magistrats.

Votre question sur l'ordre public manque sa cible car elle relève du ministère de l'Intérieur. Notre compétence à nous, c'est la justice. Et la justice, c'est l'égalité. Voilà pourquoi, face à la dissymétrie fondamentale des droits et de l'entreprise, nous avons pesé de tout notre poids en faveur des salariés jusqu'à éradiquer pratiquement l'entreprise, ce qui a fait disparaître l'exploitation. Avec, cependant, une limite regrettable, qui vient des entreprises opérant depuis l'étranger : elles échappent largement à notre juridiction, et ce d'autant que la plupart des autres États ont suspendu les accords d'entraide judiciaire avec la France.

Pour la société, nous avons procédé de la même manière. Nous avons cherché à réduire le déséquilibre entre le citoyen et les puissants. Dans le ressort de chaque cour d'appel, nous tenons à jour un mur des proscrits qui constituent la cible prioritaire des juges d'instruction. Nous avons réussi ainsi à restaurer la dignité et la préséance du pouvoir judiciaire autour de principes simples : pour les amis de la loi, on fait tout ; contre ses ennemis, nous mobilisons toute la rigueur de la loi. Et la loi, c'est nous ! »

J'avoue n'avoir pas moins été effrayé en tant qu'économiste qu'en tant que citoyen du monde devant ces raisonnements : il est loin le temps où les magistrats s'enorgueillissaient d'être ce qu'on appelait la *vox legis*. La France restera ingouvernable tant qu'un minimum d'ordre n'aura pas été remis dans ses institutions et une confiance minimale rétablie entre les pouvoirs exécutif, législatif et judiciaire.

Mon autre sujet d'étonnement porte sur la parfaite indifférence manifestée par mes interlocuteurs envers l'Europe ! On dirait qu'elle a disparu de leur horizon tant elle est absente de leurs décisions. Nul doute que le déplacement que j'organise à Bruxelles, Londres et Berlin, la semaine prochaine, permettra d'éclaircir les relations entre la France et l'Union européenne.

Je suis apparemment le seul à Paris à les juger fondamentales.

Lettre 16

De Jonas à son père, Alassane Bono

Harvard,
le 11 octobre 2040

Comment peux-tu te plaindre de mon silence ? Depuis que tu es parti pour Paris sur un coup de tête, ma vie à Harvard est bouleversée.

Pour les autres étudiants, je suis devenu un paria, le fils d'un allié de la corruption. J'étudie le droit parce qu'il est la première condition de la liberté et qu'il est l'une des clés du miracle africain. J'ai choisi de consacrer ma thèse aux Constitutions du Bénin ayant accompagné sa démocratisation, depuis la conférence nationale de 1989 qui assura la transition vers une sortie pacifique du régime marxiste de Mathieu Kérékou. Je milite depuis des années au sein de Law International. Et je fais désormais, grâce à toi, figure de renégat.

Mes amis ne souhaitent plus faire équipe avec moi pour les études de cas. Les professeurs – très gênés – en sont réduits à m'imposer dans les groupes de travail. Les confréries universitaires m'évitent. Et Yamina elle-même n'échappe pas à la contagion. Tu connais sa beauté mais moins son caractère. Bref, elle ne m'adresse plus la parole. Notre histoire est bien mal partie…

Tu dois réaliser qu'auprès des étudiants de Harvard, la France est un repoussoir. Elle est un pays de non-droit, dont des régions entières sont soumises à une violence extrême et à la loi des gangs. Elle exporte le vice et le crime. Elle méprise le droit à l'intérieur de ses frontières comme au plan international. Elle soumet ses voisins et ses alliés à un chantage permanent.

Ici, la France sert de cas d'étude pour illustrer la faillite des États. La Corée du Sud a relevé de ses ruines la Corée du Nord par la réunification, ou plutôt la prise de contrôle. La solution coréenne n'existe même plus dans le cas français : les Allemands, lors du référendum de 2030, ont refusé l'union avec leurs voisins à 82 % des voix. Non seulement l'unité n'a pas eu lieu, mais l'échec du référendum a précipité l'éclatement de l'euro et le retour au franc. Le produit national a chuté de plus d'un cinquième, les dévaluations se sont enchaînées, avec toutes les conséquences que tu connais.

En vérité, c'est le dernier pays où quiconque rêverait de s'installer. Les étudiants français sont les plus durs. Ils jurent de ne remettre les pieds sous aucun prétexte dans ce qu'ils décrivent comme un musée de la société dirigée et de l'économie administrée.

Tes pseudo-révélations sont à la portée d'un étudiant de première année de sciences politiques. Ce pays figure en queue de classement dans toutes les enquêtes sur l'État de droit, le climat des affaires ou la compétitivité. Tout est parfaitement connu et documenté. Inutile de passer des semaines entières à Paris où tu mets en péril ta carrière, ta sécurité voire ta famille.

Alors, avec tout le respect que je te dois, fais ce que tu veux, mais fais-le très vite. Je veux retrouver ma vie d'étudiant normal, ma fiancée et mon père aussi.

Bonne chance tout de même !

Lettre 17

De Alassane Bono à sa femme, Stella Haïdjia

De l'hôtel Ritz à Paris,
le 12 octobre 2040

Ma très chère confidente, me voilà de retour à Paris au terme d'un voyage de deux jours à Lyon, dans le sud-est de la France. Capitale des Gaules au temps de l'Empire romain, puis centre du pouvoir royal durant les guerres d'Italie, elle fut le pôle le plus dynamique du développement industriel français au XIXe siècle et, enfin, le cœur de la Résistance au cours de la Seconde Guerre mondiale. Cette ville a développé un modèle tout à fait unique en France.

J'ai voyagé en avion. Nouvelle surprise : Louise Lumière, la présidente du Grand Sud-Est, m'a mis en garde contre les trains à grande vitesse. La dégradation du réseau ferroviaire provoque régulièrement des catastrophes. Par ailleurs, les trains font, paraît-il, l'objet d'assauts en règle, surtout lorsqu'ils circulent à vitesse réduite dans la périphérie de Paris ou de Marseille !

À mon arrivée à Lyon, quel plaisir de trouver un ciel clair, une ville propre… Et un gouvernement régional uni autour d'un projet. Ce qui m'a immédiatement frappé, c'est l'entente des autorités publiques avec les représentants de la société civile, ainsi que la coopération entre les responsables politiques, administratifs, économiques, universitaires et culturels.

Tous ont participé au déjeuner pantagruélique – tradition oblige – organisé sur les hauteurs du mont d'Or dans le restaurant Au tablier de sapeur, que dirige la célèbre Mère Brasero. Bras dessus, bras dessous avec Louise Lumière, elle m'a lancé, dans un grand éclat de rire : « La politique, c'est comme la gastronomie : pour que cela soit goûteux et que cela sente bon, il faut que les femmes soient aux fourneaux. »

La présidente m'a invité à prendre l'apéritif sur la terrasse d'où l'on découvre l'immense expansion de l'agglomération lyonnaise. Louise Lumière est une ancienne syndicaliste dont le premier coup d'éclat fut la négociation des accords régionaux de cogestion. Reconvertie dans la politique, son ascension a été fulgurante. Elle déborde d'énergie. Élégante, bronzée, elle revient d'une randonnée dans la Tarentaise avec les responsables du tourisme, afin de lancer la saison des sports d'hiver. Devant ma mine fatiguée, elle a plaisanté : « Eh bien dites-moi, ils vous ont bien arrangé, les sauvages de Paris ! On va vous refaire une santé, ici à Lyon. »

Depuis le belvédère, on est saisi par l'harmonie de l'urbanisme, que j'avais observée au cours du trajet en voiture depuis l'aéroport.

« Les hommes sont la clé de tout, a repris au vol la présidente. L'absence de bidonvilles n'est pas un fait de nature ; c'est le fruit d'une volonté politique. Cette stratégie a beaucoup compté dans la gouvernance et le mode de développement que nous avons choisis. Comme à Paris, nous avons vu apparaître les bidonvilles. Mais, contrairement à Paris, mes prédécesseurs ne se sont pas contentés d'annonces tonitruantes non suivies d'effets ; ils ont eu le courage d'agir très vite. Au risque de s'exposer à d'intenses controverses. Ils ont fait boucler par l'armée les quartiers concernés ; ils ont rasé les constructions insalubres ; ils ont expulsé les clandestins. Ce fut aussi salutaire que douloureux. Le message est passé. Mais toutes les forces politiques de la région sont convenues que nous ne voulions plus jamais vivre cela.

Il ne sert à rien de lutter contre la pauvreté et l'insécurité si l'on ne s'attaque pas à leurs causes profondes. Nous avons cassé les ghettos et reconstruit des quartiers permettant une bonne qualité de vie. Nous avons réduit l'échec scolaire et éradiqué l'analphabétisme. Nous avons mobilisé les entreprises pour intégrer les jeunes grâce aux contrats de formation en alternance. Nous nous sommes inspirés de nos voisins suisses pour rétablir le plein emploi mais aussi pour instaurer des permis de résidence et de travail. Ainsi, nous restons ouverts et accueillants tout en maîtrisant notre population. »

Au moment d'attaquer sa côte de bœuf et son gratin de cardons à la moelle, son pot de saint-joseph à la main, elle a marqué un temps d'arrêt. Puis, semblant fixer au loin l'horizon, elle a repris :

« Et puis nous avons placé la cohésion de la population au cœur de notre action en cherchant à prévenir tout choc des civilisations. La mémoire des guerres de religion est restée ici à vif, des hérésies vaudoises aux dragonnades, en passant par le terrible siège de Privas… Alors, nous avons créé un conseil œcuménique : chaque communauté est responsable de la prévention de l'extrémisme parmi ses membres ; toutes se retrouvent chaque année pour les Entretiens de Fourvière, ce qui a permis d'éviter les violences et de maintenir la paix civile.

Un autre événement clé a été la sortie de la France de la zone euro en 2031. Cet électrochoc nous a fait comprendre que la faillite de l'État était inéluctable. Nous avons alors décidé de nous émanciper de la tutelle de Paris et de faire sécession. Mais à la lyonnaise. Sans bruit ni fureur.

Nous avons créé une gendarmerie régionale pour assurer la sécurité publique, notamment dans les zones rurales. Un premier grand succès a été remporté avec la fin des bandes qui terrorisaient la population des campagnes et ruinaient le tourisme. Nos infrastructures ont été redessinées pour assurer un accès direct au reste du monde sans passer par Paris. Nous avons mis en place un statut fiscal qui assure l'équilibre de nos finances tout en protégeant nos entreprises contre les velléités prédatrices de l'État central. Nous avons créé un régime de sécurité sociale viable, qui fonctionne selon les principes en vigueur en Allemagne. En contrepartie, nous avons négocié un versement global à l'État que nous effectuons chaque année pour solde de tout compte. »

Je lui ai alors demandé si elle était vraiment certaine qu'une grande région puisse vivre de manière autonome, déconnectée d'un État.

« Je le sais parce que cela marche. Toute notre action a consisté à fédérer le grand Sud-Est pour nous rapprocher de nos homologues d'Italie du Nord, d'Allemagne du Sud, de Suisse et d'Autriche. Avec eux, nous avons fondé la Ligue lotharingienne. Nous profitons aussi de l'essor du Maghreb et de l'Afrique. Marseille, de son côté, connaît une véritable renaissance. Elle est redevenue un nœud portuaire majeur en Méditerranée grâce, notamment, au miracle algérien, porté par l'ouverture et la libéralisation à marche forcée du pays et par la dynamique du grand marché maghrébin. Deux ombres subsistent cependant. Les Algériens, les Français d'origine algérienne et les descendants de pieds-noirs retournent massivement au Maghreb pour profiter du boom. L'hypercriminalité fait encore des centaines de morts chaque année. Nous nous demandons tous combien de temps Marseille pourra gérer ses contradictions et cette violence extrême.

Notre modèle a été copié en partie dans le Sud-Ouest par Toulouse, avec l'Espagne, et dans l'Est par Strasbourg, avec l'Allemagne. Mais avec moins de réussite. Toulouse a subi de plein fouet la délocalisation du siège d'Airbus à Hambourg. Ce départ a affaibli le poumon de la région qu'est l'industrie aéronautique et spatiale. Contrairement à Lyon, Toulouse a également commis l'erreur de cannibaliser les villes environnantes. Strasbourg bénéficie de sa proximité géographique, culturelle et linguistique avec l'Allemagne. Mais elle souffre de la crainte permanente des Allemands de voir l'Alsace devenir un sas pour l'afflux massif de réfugiés français outre-Rhin.

Pour en revenir à nos succès, la recette est simple : nous voulons concilier ordre public et ouverture, compétitivité et solidarité, épanouissement des individus et intérêt général. Pour cela, nous nous méfions des slogans et des grands programmes. Nous cherchons à définir des objectifs concrets avec les acteurs de la société civile et avec nos partenaires. C'est ainsi que nous avons réussi à coaliser toutes les grandes villes du Sud-Est au-delà de leurs rivalités traditionnelles. »

Au fil de ces deux journées passées à sillonner Lyon et sa région, j'ai rencontré des gens formidables et heureux : administrateurs, chefs d'entreprisc, savants, chercheurs, responsables d'institutions culturelles. Un certain nombre d'entre eux ont choisi de quitter Paris pour s'installer dans le Sud-Est dont ils vantent la qualité de vie et l'état d'esprit. J'ai pu échanger avec de nombreux jeunes – dont certains, étrangers – qui ne cessent de parcourir les cinq continents et qui fourmillent de projets. J'ai retrouvé chez eux les ingrédients qui font le succès des Africains : la créativité et la volonté d'entreprendre ; la confiance dans le progrès et l'avenir ; la générosité et l'ouverture aux autres.

Je ne parviens pas à m'expliquer comment la nation France a pu perdre ses valeurs ni par quel miracle elles ont pu survivre dans cette région. La seule hypothèse, comme l'a souligné Louise Lumière, est bien que ce sont les hommes, au bout du compte, qui font la décision. Pour le démontrer, il faudrait être historien et dresser un portrait croisé de la France et de ce grand Sud-Est. Ce qui excède, bien sûr, mes compétences.

Lettre 18

De Alassane Bono à son directeur de cabinet, Blaise Koupacku

De l'hôtel Ritz à Paris,
le 13 octobre 2040

Blaise, cher camarade, je m'étonne de ne pas avoir de tes nouvelles. Est-ce à dire qu'il ne se passe rien au FMI ? Ou bien as-tu profité de mon absence pour prendre des vacances – une fois n'est pas coutume – et aller te ressourcer à Cotonou ?

À Paris, notre mission progresse à pas de géant. L'audit de la France est achevé. Doug, Zhu et Fitzcareldo ont réalisé l'exploit de boucler leur programme de travail. Ils préfèrent rentrer à Washington pour achever leur rapport, ce qui me paraît bien naturel. Ils prendront demain l'avion du FMI.

De mon côté, je compte rester quelques jours supplémentaires à Paris et en Europe pour déterminer et évaluer les scénarios de sortie de crise. Je sais que Doug, à partir des résultats de l'audit, envisage des recommandations très dures qui se résument à l'arrêt immédiat de toute aide à la France. Chacun doit garder à l'esprit qu'il s'agit, à ce stade, de simples propositions. Je travaille à un accord politique qui permettra de dépasser ce constat de faillite. C'est la raison d'être du FMI.

La situation intérieure de la France est plus dégradée que je ne le croyais. L'État, l'économie et la société sont bloqués. Mais je mets beaucoup d'espoir dans mes rencontres avec les dirigeants européens. À l'échelle du continent, on doit pouvoir trouver les ressources et les leviers nécessaires pour remettre sur pied un pays dont dépend la stabilité de ses voisins.

Je compte sur toi pour qu'aucun document concernant la France ne soit remis aux membres du conseil d'administration avant mon retour à Washington. Nous leur ferons parvenir, pour le conseil du 5 novembre prochain, un dossier complet qui comportera le rapport d'audit, mais aussi, je l'espère, un plan d'action économique et financier crédible pour redresser ce qui a été une grande nation.

Tiens-moi étroitement informé de tout ce qui se passe à Washington et soumets-moi une stratégie et un programme de campagne révisés.

Lettre 19

De Blaise Koupacku à Alassane Bono

Du FMI à Washington,
le 14 octobre 2040

Cher Alassane, depuis ton départ, les consignes que tu m'as laissées sont fidèlement appliquées.

Conformément aux procédures, je te fais suivre les notes et documents confidentiels par la voie de notre bureau de Paris ; peux-tu me confirmer qu'ils te parviennent ?

Pour le reste, la machine bien huilée du FMI tourne et s'affaire, mais elle est comme une main sans tête ou un chien sans maître. Tout le monde est au travail. Nul ne conteste mon autorité ou ne commente ton absence. Mais je sens, moi, un malaise sournois se propager. Le silence est parfois pire que les éclats qui permettent, au moins, de vider les abcès.

Du côté des administrateurs, c'est la même chose, sans l'activité quotidienne des services. Tout est comme suspendu. Nul ne s'exprime, sauf les Indiens, qui sont furieux de n'être pas représentés dans le quartette, ce qu'ils ont pris pour une offense. Il faudra que tu les voies à ton retour pour les rallier à ta cause.

On pourrait dire que tout est conforme à tes vœux : tu es parti et rien ne bouge. Mais pour moi, c'est tout l'inverse. L'eau qui dort n'annonce rien de bon : c'est le calme qui précède la tempête.

À mon sens, tous attendent le retour de Doug, Zhu et Fitzcareldo pour savoir ce que diable tu es allé faire dans ta galère parisienne. Dès qu'ils seront ici, les conclusions de leur rapport vont fuiter. La fabrique à rumeurs va s'emballer et tourner d'autant plus vite que tu n'es pas rentré avec eux. Quelle raison crédible puis-je avancer pour expliquer la scission du quartette en un trio de grandes puissances d'un côté, et un homme seul de l'autre ? Comment éviter qu'elle ne soit analysée et commentée comme ta marginalisation ?

Je comprends ta volonté de politiser et d'européaniser la restructuration financière de la France. Mais quelle est ta ligne stratégique ? Qui sont tes alliés ? Quelles sont tes chances de succès ? Quel sera le bénéfice pour ta candidature ?

Pour moi, ton absence affaiblit ta parole et ton action à un moment décisif. J'en trouve la preuve dans la déstabilisation de tous les soutiens que j'avais mobilisés pour le lancement de ta campagne.

J'ai bien sûr relancé des groupes de travail pour utiliser les bonnes volontés et galvaniser les énergies, mais je ne te cache pas que l'enthousiasme est plus que tiède. Nos amis me font l'effet de tigres à qui l'on promettait une chasse à la gazelle et qui voient arriver du picotin. Quels que soient mes efforts, je ne ferai pas illusion très longtemps.

Il est facile de modifier des plans ou des calendriers. Il est beaucoup plus difficile de persuader des dirigeants de s'engager, quand le flou s'installe sur la motivation et les intentions réelles du candidat. On ne fait pas campagne par personne interposée.

À te voir, je pense à la sagesse de nos anciens, qui dit que « le morceau de bois ne deviendra jamais caïman ». Au fond, tu n'es pas un politique, tu restes un intellectuel. Tu es, je le sais, plutôt distant et réservé, et en même temps très exigeant envers toi comme envers les autres. Tu détestes la démagogie et le conflit. Dès lors, tu es un mystère pour la plupart de tes interlocuteurs, et tu disparais à l'instant précis où ils ont besoin de croire en toi !

N'oublie pas que le pouvoir a horreur du vide. Et qu'une autorité ne se maintient que tant qu'elle résiste à ceux qui veulent la renverser ou la remplacer.

Lettre 20

De Alassane Bono à sa femme, Stella Haïdjia

Paris, hôtel Ritz,
le 15 octobre 2040

Ma chère Stella, après le départ de mes collègues, je me suis enfin décidé à inspecter le bureau du FMI à Paris. Je m'y suis rendu tôt ce matin, pour y trouver un désordre indescriptible. Je comprends mieux pourquoi je ne reçois rien des documents et des informations qui me sont adressés par Blaise via le courrier interne.

D'abord, j'ai dû patienter longtemps à la porte car personne n'arrive avant 10 heures. Celle qui m'a finalement ouvert était la femme de ménage. Puis j'ai découvert que l'équipe ne compte que des Français issus de différentes administrations nationales, ce qui est contraire à toutes nos règles de fonctionnement. Cette situation s'est installée au fil du temps sans que nul ne s'en soucie, du fait de l'activité réduite de l'agence.

J'ai constaté que Doug et son équipe ont réussi en deux semaines à en savoir plus que les permanents avec qui j'ai échangé. Leurs analyses, totalement alignées sur l'argumentaire du gouvernement français, m'ont laissé penser qu'ils étaient incompétents ou, pire, qu'ils avaient été achetés. Jamais auparavant je n'avais constaté pareil laisser-aller dans l'une de nos implantations. Dès mon retour à Washington, je me pencherai sur le fonctionnement de ce bureau pour le reprendre en main, diversifier son recrutement et le professionnaliser.

Tu sais combien l'effondrement de l'industrie française me taraude. Comment peut-elle disparaître alors qu'elle ne s'est jamais aussi bien portée dans le reste du monde ? J'ai obtenu, hier, un entretien avec le ministre des Industries industrialisantes. L'intitulé de ce portefeuille ne manquait pas de m'intriguer. J'étais curieux aussi de connaître l'homme, dont le port altier et la fine moustache semblent ceux d'un mousquetaire.

À ma grande surprise, je me suis aperçu qu'il ignore tout de l'entreprise. Et même de l'industrie ! Il s'est lancé dans un plaidoyer en faveur de la démondialisation et de la réhabilitation du rôle de l'État dans la politique industrielle. Suivre le fil de son propos a requis toute mon attention, tant les notions qu'il utilise sont singulières et surannées.

À l'entendre, la quasi-disparition de l'industrie en France découle d'une intervention publique insuffisante. L'État ne s'est pas substitué assez rapidement à la défaillance des chefs d'entreprise et aux dysfonctionnements du marché. Ce naufrage devrait aussi beaucoup à l'excès de la concurrence qui aurait empêché l'émergence de champions français dans la compétition internationale. La veulerie des industriels et les exigences du capital, voilà, pour lui, les véritables coupables !

D'où l'importance, à ses yeux, d'intégrer dans le futur plan d'ajustement des investissements publics dans les industries d'avenir. Le flamboyant ministre les a déjà intitulés les « pôles d'entraînement pour la reconstitution du tissu économique ». Le gouvernement français a, paraît-il, pris les devants. Il a lancé un vaste plan sur les « cinquante priorités qui feront la France de 2050 », sans disposer d'ailleurs d'aucun financement pour les soutenir. Il a aussi recruté des commissaires à l'industrie. Ils devraient être les fers de lance du redressement de la production.

Bref, un vrai plongeon dans nos manuels d'histoire sur l'économie planifiée ou les théories de la troisième voie. Tous ces bavardages idéologiques ont bloqué le décollage de nos pays africains pendant un demi-siècle après leur indépendance, avant que la mondialisation n'y mette bon ordre. Je me suis souvenu d'un livre sur les grandes erreurs économiques des XXe et XXIe siècles, où figuraient les prophéties sur la fin de l'industrie ou bien sur l'industrie sans usines et sans ouvriers. Mais c'est la première fois que j'entends plaider pour une industrie sans capital et sans industriel !

Même Le Menh, qui assistait discrètement à l'entretien, en est resté pantois : « Vous savez, monsieur le Directeur général, m'a-t-il glissé à voix basse sur les marches du ministère, ce serait tout de même plus facile de faire de l'industrie s'ils n'avaient pas liquidé ou fait fuir tous les industriels. Quant au statut des autoentrepreneurs créé au début du siècle, ils n'ont eu de cesse de le démembrer, avant de le supprimer dès 2015. » Le Menh a assurément plus de jugeote que le ministre. À Paris, on rêve d'une industrie sans industriels ; à Lyon, on continue de faire de l'industrie car, miracle, il reste des industriels.

Les réunions qui se sont ensuite enchaînées dans la galaxie des ministères sociaux m'ont procuré la même impression d'apesanteur. Cette immense machine est tout entière consacrée à la survie d'un État-providence qui broie ceux qu'il est censé aider. Dieu sait si je suis un partisan de la solidarité et si j'ai pesé de toute mon autorité pour que les dépenses sociales ne soient plus une variable d'ajustement dans les interventions du FMI. Je pense réellement que la cohésion d'une nation est un facteur décisif de compétitivité. Mais un tel monstre qui brasse plus de 40 % de la richesse nationale en toute opacité et sans aucune évaluation de ses résultats, voilà ce que je n'avais jamais vu !

Face à la montée des fléaux sociaux – chômage, exclusion, bidonvilles, déni d'accès aux services publics pour toute une partie de la population –, les programmes se sont accumulés à l'infini sans aucune cohérence. Personne ne sait qui paie – certaines régions comme le Sud-Est se sont émancipées pour gérer directement certains risques – et qui reçoit. Quant à savoir combien, c'est le mystère ultime. Ce qui est certain, c'est que la dette sociale, qui ne devrait même pas exister, n'est pas loin de représenter l'équivalent du PIB et qu'elle n'a aucune chance d'être remboursée. D'autant que cet État social détruit la croissance et l'emploi qui sont les seules armes pour rééquilibrer les finances publiques quand l'inflation est déjà élevée.

Ce qui me choque plus que tout, c'est la responsabilité de l'État dans le chômage permanent qui mine l'économie et la citoyenneté. C'est le sacrifice systématique de la jeunesse au profit des retraités, donc le sacrifice de l'avenir au passé. La famille, qui constitue partout l'un des remparts les plus efficaces contre les chocs économiques, ici, n'a pas été épargnée. Et ce – ironie de l'histoire ! – au moment où l'Allemagne s'inspirait des réussites françaises en matière de politique familiale.

Le plus extraordinaire, c'est que derrière la multiplication des procédures ou des allocations qui nécessitent pléthore de fonctionnaires, personne ne s'occupe des pauvres et des personnes qui souffrent. Cette solidarité qui se veut illimitée débouche sur un individualisme radical, sur l'indifférence et l'inhumanité. La politique sociale n'est pas animée par la lutte contre les fléaux de la société mais par des mythes. Ainsi en va-t-il de la croyance dans la fin du travail, alors que le monde n'a jamais connu autant de personnes disposant d'un poste à temps complet et que le plein-emploi règne presque partout.

C'est le serpent qui se mord la queue. Sous couvert de « supervision du marché du travail », c'est l'État qui bloque la création d'emplois et génère le chômage qu'il tente ensuite de masquer par des programmes d'emplois aidés, improductifs et ruineux pour les finances publiques. Le principe universel de la politique de l'emploi, qui veut que ce soit les entreprises qui créent les postes de travail, ce principe, qui marche partout ailleurs, est proscrit en France.

Comment un pays peut-il croire en l'avenir quand ses meilleurs esprits consacrent leur énergie et leur talent à réfléchir à la fin de l'histoire, du travail ou de l'industrie, au lieu d'ouvrir de nouveaux champs du savoir, au lieu de créer des richesses ? À voir des fins partout, il est après tout normal qu'on donne du crédit à la fin de la France.

Comment se fait-il qu'on cultive à Paris, en 2040, les utopies qui ont empêché le décollage des pays africains pendant un demi-siècle ? Que l'on ignore tout ce qui a fait leur succès ? À défaut d'être finie, l'histoire est juste. La déchéance de la France venge l'Afrique de toutes les avanies que notre continent a endurées au cours des siècles passés.

Lettre 21

De Alassane Bono à sa femme, Stella Haïdjia

Paris, hôtel Ritz,
le 16 octobre 2040

Il faut que je te raconte les bons moments de mon expédition, car il y en a tout de même !

Je dois à Loïc Le Menh, que j'apprécie de plus en plus et qui fait preuve d'un dévouement touchant, un moment de pur bonheur. Il m'a entraîné déjeuner loin du Ritz, dans un bar à vins situé dans une des petites rues qui se faufilent derrière le tentaculaire ministère de l'Intérieur.

L'endroit ne paie pas de mine et je n'y serais jamais entré sans lui. Quelle fête pour les papilles et pour l'esprit derrière cette porte obscure ! C'est là qu'un peu du Paris que j'ai tant aimé se cache. C'est le paradis des amateurs de cochonnaille et de vin rouge : la cave recèle en la matière des ressources aussi rares que variées ! Mais la maison applique à la gastronomie un esprit de tolérance total. Et c'est dans la bonne humeur qu'elle s'adapte aux particularités alimentaires dès lors qu'un client le demande.

Ici seulement, depuis mon arrivée, j'ai vu un véritable brassage social. La saleté de la rue et les fissures de la façade dissuadent les touristes, mais les fonctionnaires du ministère, hommes et femmes d'affaires, petites mains des immémoriaux métiers de Paris, journalistes, simples habitants du quartier se côtoient, se pressent, se succèdent. Devant une assiette fumante, ils refont le gouvernement et le monde. Le patron, quant à lui, accorde autant d'importance à passer les bons mots que les plats du terroir que cuisine sa femme. Paris n'a donc pas totalement perdu son âme, même si elle s'est réfugiée dans ses bistrots.

Changement de décor et d'atmosphère pour la soirée de gala à l'Opéra Garnier. La ministre de la Culture qui m'avait convié a été chahutée à notre arrivée par une foule de manifestants très excités qui martelaient en alternance : « Des sous pour les intermittents, pas pour les monuments ! » ou : « Je suis tombé dans la misère, c'est la faute aux austères ; le nez sur le pavé, c'est la faute aux banquiers ! »

La caisse des intermittents du spectacle a pourtant survécu à toutes les tentatives de réforme de l'assurance chômage, notamment au projet de sa suppression en 2029. La mobilisation des intermittents a joué un grand rôle dans le déclenchement des grèves qui ont provoqué le blocage du pays et précipité la sortie de l'euro. Du coup, plus personne n'ose toucher à leur régime bien que son déficit abyssal pèse chaque année davantage sur les comptes de l'assurance chômage. Chacun sait que le système est condamné, à commencer par ses bénéficiaires. Cela nourrit leur inquiétude et renforce leur mobilisation.

Malgré ce désagrément, je me suis laissé enchanter par le spectacle : un ballet splendide ! La compagnie de danse de l'Opéra reste l'une des toutes premières au monde. Elle a été préservée grâce à sa délocalisation à Bruxelles ainsi qu'au mécénat de la diaspora des Français de l'étranger et de quelques grandes institutions financières internationales. D'où les slogans des protestataires. L'Opéra a par ailleurs libéré les danseurs étoiles d'une partie de leurs obligations pour les conserver dans la compagnie. Ils sont autorisés à répondre à des engagements rémunérateurs auprès d'autres ballets ou théâtres de notoriété mondiale. L'école de danse, elle, a été relocalisée à Paris. Impossible de la maintenir à Nanterre, qui était devenu trop dangereux pour les petits rats. Cet équilibre précaire permet la survie de l'institution.

Le spectacle, lui, était inoubliable : différentes pièces de Pina Bausch inscrites au répertoire, dont *Nelken*. Dans ce ballet poignant, des êtres solitaires et désespérés se croisent et se télescopent sans parvenir à se comprendre, piétinant et ravageant un champ d'œillets. Œillets jaunes sur scène mais bleu blanc rouge pour mes yeux émus, qui lisaient dans ce drame la désintégration de la société française et le refus des Français de continuer à vivre ensemble, voire simplement à se parler.

Mon émotion restait vive pendant le discours officiel de la ministre. Mal m'en a pris car cela a failli déclencher un incident diplomatique. Elle a lu dans mes yeux une protestation silencieuse contre l'exception culturelle française qu'elle défend. Elle cherche par ailleurs à imposer une politique de nomination progressiste à la tête des établissements culturels fondée sur des quotas par sexe et par religion, alors même que les financements de l'État ont disparu en dehors de Paris. Les artistes et les élus se retrouvent pour la première fois unis contre le ministère. Elle est la seule à en être étonnée et scandalisée.

Je ne peux achever cette lettre sans te parler de ma peine et de ma préoccupation au sujet de Jonas. Sa lettre m'a bouleversé. Il m'accuse de nuire à ses études et même d'être responsable du naufrage de sa romance avec Yamina. Sa réaction me semble très excessive, voire juvénile. Mais si injustes que soient ses reproches, je ne veux à aucun prix laisser s'installer entre lui et moi la distance hostile qui nous a longtemps séparés, mon père et moi. Je t'en prie, prends du temps, parle-lui, apaise sa colère. Cette tension familiale m'est très douloureuse. Si complexe que soit la situation, ici et au FMI, vous êtes ce qui m'est le plus précieux, ne l'oubliez pas.

Lettre 22

De Reckya à son père, Alassane Bono

Doha,
le 16 octobre 2040

Cher Papou, j'ai bien compris l'urgence et je suis allée au plus vite. Tu trouveras ci-joint la liste du fonds Impala déposé au musée du quai Branly ainsi qu'une sélection d'œuvres d'art africaines dont la fondation pourrait se porter acquéreur. Ses responsables sont mobilisés et travaillent d'arrache-pied. Tout le monde se réjouit de cette occasion providentielle de sauvegarder ces trésors qui sont un pan du patrimoine culturel de l'Afrique.

Pour ce qui est du régime légal de leur exportation vers le Bénin, nous serons en parfaite conformité avec la convention internationale sur le droit au retour vers le pays d'origine. Il restera à obtenir le certificat d'exportation hors de France.

Il faudra se montrer vigilant et demander l'aide du directeur du musée du quai Branly. La France vit depuis plusieurs décennies sur la vente de son patrimoine, et ces opérations sont connues pour générer des fraudes et une corruption endémiques. D'un côté, il y a ceux qui veulent s'enrichir en vendant. De l'autre, on trouve beaucoup de marchands peu scrupuleux, mais aussi de généreux mécènes qui se mobilisent pour sauver les chefs-d'œuvre de l'art français et les collections des musées en les abritant en lieu sûr.

Je suis impatiente de voir ces merveilles réunies chez nous. Les festivités de Cotonou, capitale mondiale de la culture, seront un cadre idéal pour inaugurer la formidable exposition que nous allons monter.

Je t'embrasse de tout mon cœur.

Lettre 23

De Stella Haïdjia à son mari, Alassane Bono

Cotonou,
le 17 octobre 2040

Alassane, c'est toi l'enfant et c'est Jonas l'adulte. Tu rêves et lui vit dans le monde réel ! Je n'ai pas attendu ta lettre pour parler longuement avec lui. Il va très mal, avant tout parce qu'il sait que tu vas mal. Et il n'a pas tort.

Paris est une bulle hors du monde, qui te coupe de ta fonction autant que de ta famille et de tes amis.

De mon côté, j'ai participé, à Lagos, à un congrès sur les nouveaux médias. Tous les patrons des grands réseaux et des principales firmes mondiales avaient fait le déplacement. Sous le sceau de la confidentialité, plusieurs m'ont alertée sur des rumeurs de révolution de palais au FMI. Je n'ai pu recueillir, en dépit de mes efforts, aucune information précise à l'appui de ces bruits. Mais je ne suis pas tranquille. Le pire, c'est qu'on murmure que les Français que tu aimes tant sont très critiques sur ta mission. Te voilà bien payé des risques que tu prends : quelle hypocrisie et quelle ingratitude !

L'oncle Alhaji m'a invitée à une réunion de famille à Natitingou. C'était pour moi l'occasion de le revoir en même temps que les merveilleux paysages de l'Atacora. Tout le long de l'autoroute qui mène au Burkina, j'ai été saisie par la vitalité des exploitations agricoles et par la multiplication des fermes solaires. Les bois sacrés ont cependant été préservés et les frondaisons d'irokos et de fromagers continuent à étendre leur ombre protectrice sur les voyageurs. Mieux encore, les Tatas Sombas, avec leurs silhouettes de châteaux forts, ont survécu. Tout cela fait le bonheur des touristes qui affluent vers le parc national de la Pendjari.

Toute ta famille m'attendait. La fête a été mémorable et le sodabi a coulé à flots. Tous m'ont demandé de tes nouvelles. J'ai tout fait pour les rassurer, mais ton oncle – Dieu seul sait comment ! – avait eu vent des mêmes mauvais échos. Il s'est confié à moi et partage mes craintes.

À la toute fin de la journée, il m'a prise à part. Tu te souviens qu'il est un initié vaudou de très haut rang. Il m'a dit qu'il allait sacrifier un cabri dans la chambre des assens de votre maison familiale, afin de te placer sous la protection de vos aïeux. Comme toi, je suis rationaliste. Mais je dois avouer que tu me fais tellement peur que j'ai été soulagée. Si seul le vaudou peut te désenvoûter, alors ainsi soit-il.

Pour revenir du monde des esprits aux réalités concrètes, il faut absolument que Blaise puisse te tenir informé de manière plus précise de ce qui se dit et de ce qui se trame au FMI.

Tu m'as souvent rendu de grands services dans la conduite de mes affaires. Tu me rappelais qu'il faut avoir le sens des priorités et que les plus grands revers viennent de la surestimation de sa position et de la sous-estimation des forces adverses.

Ta priorité ne peut et ne doit pas être le sauvetage de la France mais ta reconduction à la tête du FMI. Pas seulement pour toi, mais pour l'Afrique.

Ne parlons plus de ta venue à Cotonou. Retourne au plus vite à Washington et prépare ton conseil d'administration avec un plan d'action, non pour la France mais pour le FMI, au cours des cinq prochaines années. Seule ton efficacité cassera une éventuelle cabale qui te pousserait à la démission.

Assez recherché le temps et la puissance perdus d'une nation qui n'est pas mûre mais blette.

Tu le sais, le véritable combat ne se joue pas à Paris mais à Washington.

Lettre 24

De Alassane Bono à sa femme, Stella Haïdjia

Bruxelles, Steigenberger Grandhotel,
le 18 octobre 2040

Ma chère Stella, j'entends bien tes mises en garde. Sache que je profite aussi de ma tournée européenne pour amorcer ma campagne.

Ma première étape m'a conduit à Bruxelles, capitale de l'Union mais aussi d'une Belgique qui se porte relativement bien. Il semble que la descente aux enfers de la France ait servi ici d'antidote, vaccinant en quelque sorte les Belges contre le poison de la désunion nationale.

Le palais du Berlaymont, qui abrite la Commission européenne et qui fut naguère une ruche bourdonnante, ressemble à une maison fantôme. Des étages entiers ont été abandonnés à la suite du démantèlement progressif des politiques communes et des coupes budgétaires. L'Unesco, lorsqu'elle a décidé de quitter Paris après l'arrivée de l'extrême droite au pouvoir en 2032, a refusé de s'y installer. Contre toute attente, elle a choisi Berlin qui a ainsi obtenu le siège d'une des organisations gouvernementales des Nations unies dont elle rêvait. Et celui de la culture, encore. Quelle revanche de l'histoire, moins d'un siècle après la défaite du Reich !

Le président de la Commission européenne, qui fut durant de longues années le chef de gouvernement du Luxembourg, est un diplomate chevronné. C'est un vieux routier des négociations internationales. Il sait qu'il doit sa position à la seule incapacité des chefs de file des blocs qui ont succédé au marché unique. Ces grands États n'ont jamais pu s'accorder sur un candidat venant de l'un d'eux.

« Vous devez comprendre, m'a-t-il expliqué, que l'Union n'est plus qu'une coquille vide, sans responsabilité opérationnelle. Elle n'est maintenue en vie que parce qu'elle symbolise – de manière de plus en plus évanescente – la paix sur notre continent. Encore cette survie n'a-t-elle été obtenue que sous la pression des petits pays comme le mien, qui se sont trouvés les seuls dépositaires de l'héritage communautaire. Comme vous le constatez, les institutions ont été réduites à une quasi-dissolution ; l'intégration a été bloquée puis inversée avec la renationalisation des politiques. L'esprit européen a disparu, broyé par la montée des nationalismes, des populismes et des extrémismes.

La France a été le moteur de cette dynamique. Elle a fait l'Europe dans la seconde moitié du XXe siècle puis l'a défaite au XXIe. Son ambiguïté est aussi ancienne que la construction communautaire : les plaidoyers en faveur de l'intégration masquaient une violation constante du droit européen ; ce choix politique allait de pair avec le refus des transferts de souveraineté ; les discours exaltant l'union politique à Bruxelles avaient pour pendant les déclarations nationalistes et protectionnistes à Paris. Plus personne n'y croyait, ni en France ni chez ses partenaires européens.

L'origine du détricotage de cette grande idée, ce fut la réunification puis le second miracle économique allemand. Au même moment, la France s'engageait dans un long déclin.

Tous, nous étions certains que la France ne supporterait pas l'idée de n'être plus qu'une puissance de seconde zone sur le continent. Entre réforme et déclassement, elle ferait son choix et se redresserait. Il n'en a rien été. Elle n'a cessé de prendre l'Europe en otage. Tous les délais et les arrangements qui lui ont été consentis en raison de son poids dans la zone euro et de son rôle dans le processus communautaire n'ont servi qu'à différer, éluder ou contester les mesures indispensables. Non seulement les engagements pris n'ont pas été tenus, mais le mensonge et la fraude ont été érigés en système.

Nul n'a oublié ce qui s'est passé ensuite : la perte de contrôle de la dette publique a donné le coup de grâce. Le drame s'est joué en trois actes.

Au premier défaut financier partiel de la France, en 2025, les mécanismes européens ont été utilisés et portés à la limite de leurs possibilités : un contrôle des changes strict a été instauré, actant dans les faits la partition de la zone euro, tandis qu'un plan de restructuration était négocié avec les créanciers publics et privés. L'Allemagne, obligée de s'y reprendre à deux fois pour faire approuver le plan d'aide par le Bundestag, a solennellement indiqué, sur fond de polémiques déchaînées par le parti anti-euro, que c'était la dernière fois qu'elle paierait.

Le deuxième défaut, en 2030, a provoqué une crise politique européenne majeure. L'Allemagne a subordonné tout effort supplémentaire à des garanties sur les actifs français. Cet épisode signa le divorce définitif du couple franco-allemand, qui fut près de dégénérer en affrontement entre les deux pays. Immédiatement après, la zone euro a explosé avec la création de l'euromark qui rassemble désormais l'Europe du Nord et du Centre, tandis que les pays dits périphériques, dont la France, retournaient à leurs monnaies nationales, au prix de dévaluations massives. L'Italie et l'Espagne ont finalement réussi à se stabiliser en réorientant leurs économies vers le Maghreb et l'Afrique en plein essor.

Quant à la "grande Nation", comme on l'appelait autrefois, elle a continué à accumuler les déficits tout en se repliant sur elle-même et en enchaînant les crises politiques. Bien sûr, le grand marché n'a pas résisté à ces événements, pas plus que la libre circulation des accords de Schengen.

Même les Britanniques, qui ont d'abord triomphé en spéculant sur la fin de l'euro, ont fini par déchanter. La reconfiguration du continent en sous-blocs commerciaux et le retour des frontières fonctionnent avant tout à l'avantage de l'Allemagne et de sa redoutable machine à exporter.

Aujourd'hui se profile le troisième défaut français – pour utiliser le terme le plus neutre possible. Et ce sera le dernier. En effet, il n'existe plus une seule nation européenne qui soit prête à financer ou participer à un nouveau plan de restructuration. Pour toutes, la priorité consiste à placer le pays en quarantaine. À circonscrire le chaos à ses frontières et à protéger le reste du continent.

Mais assez parlé de ce pays, de sa faillite et du passé ! Parlons plutôt de l'avenir, de l'Asie et surtout de l'Afrique qui ont repris le flambeau de l'intégration continentale. »

Nous avons alors évoqué l'approfondissement du grand marché africain et de l'Union politique de l'Afrique de l'Ouest, puis les initiatives qui pourraient être prises pour contribuer au redéveloppement de l'Europe. Parmi la brassée d'idées échangées, l'une m'est apparue prometteuse. Il s'agirait de réunir quelques hommes d'État en position de sages et des philosophes venant d'Europe, d'Asie et d'Afrique afin de réfléchir aux institutions du XXIe siècle. Ces journées d'entretien pourraient être conclues par une déclaration solennelle en faveur d'un nouveau départ pour l'Europe.

« Du fond de ses ténèbres, a conclu le président de la Commission, l'Europe a perdu non seulement la maîtrise de son destin, mais aussi la capacité à imaginer seule la solution à ses problèmes. Nous avons un besoin crucial de la sagesse et des nouvelles Lumières venant d'Afrique et d'Asie. Aidez-nous à nous retrouver ! »

Reprenant la parole, il a gentiment ajouté : « Il me reste à vous confirmer que vous êtes à mes yeux le meilleur directeur général du FMI que j'aie connu. Malheureusement, je ne peux rien pour vous. L'Union ne siège plus nulle part. Mon influence est insignifiante face aux grands États et seuls en Europe comptent encore l'Allemagne et le Royaume-Uni. »

Force est de constater, au terme de cette leçon d'histoire sur la grandeur et la décadence de l'Europe, qu'il n'existe pour l'heure pas davantage de solution à la crise française à Bruxelles qu'à Paris.

Lettre 25

De Alassane Bono à sa femme, Stella Haïdjia

Londres, hôtel Claridge,
le 19 octobre 2040

Stella, un saut de puce m'a fait franchir la Manche pour gagner Londres où j'ai passé la nuit avant de conférer avec les autorités britanniques. D'emblée, j'ai été saisi par l'incroyable différence d'atmosphère. Paris est une ville-musée assiégée par la misère ; Londres, elle, est éternelle, avec ses parcs, ses bobbies, ses taxis noirs, ses bus à impériale et ses boîtes aux lettres rouges frappées aux armes des Windsor. La solidité des institutions et le respect envers la loi commune sont immédiatement perceptibles.

Londres est aussi l'un des carrefours de la mondialisation. C'est une ville cosmopolite, vivante et jeune. Ici le passé est présent mais c'est un socle sur lequel on crée, on innove, on travaille. C'est une ville où l'on prend des risques, qu'il s'agisse d'entreprises ou de finances, d'architecture ou d'art contemporain, de courants intellectuels ou d'idées politiques. En bref, Londres incarne le mouvement autant que Paris l'immobilisme.

Ces deux nations sont aussi proches par leur taille et leur histoire qu'étrangères par leurs institutions et leurs mœurs. L'avantage va cependant au Royaume-Uni qui a montré un art inégalé pour s'approprier la modernité.

La France a inventé la révolution industrielle au XVIIIe siècle, mais c'est le Royaume-Uni qui l'a faite. La France a donné naissance à la démocratie mais, en l'asservissant à l'État, elle lui a d'emblée interdit de stabiliser ses institutions, tandis que le Royaume-Uni a enraciné la liberté politique dans la stabilité de la monarchie, les valeurs de l'aristocratie et la vigueur de la société civile. Au XIXe siècle, Londres a exercé un leadership sans partage sur le capitalisme et la civilisation de l'Europe libérale. Au XXe siècle, le Royaume-Uni et son bras armé, les États-Unis, ont assuré à trois reprises, en 1918, en 1945 puis en 1989, la victoire des nations libres sur les empires, des démocraties sur les totalitarismes. L'après-Seconde Guerre mondiale, placé sous le signe des sociétés fermées et des économies administrées, puis l'aventure européenne, fracassée par l'implosion de l'euro, n'ont été qu'une parenthèse. Londres a repris résolument l'avantage dans la mondialisation.

Les succès des Britanniques obéissent toujours aux mêmes principes : les Français veulent donner un sens à l'histoire et la modeler à leur image, quand les Britanniques cherchent à l'utiliser au mieux et à s'adapter à l'esprit du temps ; les Français font confiance à l'État dont ils attendent tout, quand les Britanniques s'en méfient et préfèrent miser sur l'initiative individuelle et la plasticité de la société. Comme les Britanniques, je doute que l'histoire ait un sens ; mais je constate qu'elle constitue un juge impitoyable, tant la prospérité et la paix civile de ce côté-ci de la Manche contrastent avec la paupérisation et la violence qui règnent en France.

Mon rendez-vous à Downing Street m'a permis de confirmer l'idée que je me faisais du pragmatisme britannique, et ce, poussé jusqu'au cynisme. La nouvelle Dame de fer qui exerce la fonction de Premier ministre s'est montrée digne de sa réputation. Virginia Marley est d'origine jamaïcaine, comme le rappellent les petites dreadlocks qui dansent en forme d'abat-jour autour de sa tête. Contre toute attente, elle s'est érigée en défenseur intraitable de la monarchie et s'entend à merveille avec le roi William et la reine Kate. Elle est assise tout au bord de son siège et oscille face à moi comme un cobra devant sa proie.

« Monsieur le Directeur général, a-t-elle attaqué d'emblée, il semblerait que vous entendiez mobiliser le FMI pour le salut de la France. Mauvaise idée. Vous allez au-devant d'une opposition résolue du Royaume-Uni. D'abord, cette opération est techniquement impossible en raison de la perte de confiance irrémédiable dans la signature française. La nécessité de laisser la France aller à la banqueroute fait d'ailleurs partie des rares sujets de consensus entre le monde politique et le monde financier. Mais il y a plus : ce sauvetage s'oppose directement aux intérêts du gouvernement britannique.

La prospérité actuelle du Royaume-Uni est intimement liée à la déconfiture de la France. Aujourd'hui, chez nous, un habitant sur dix est français ou d'origine française. Londres est la deuxième ville française du monde après Paris, mais elle est de très loin la première en termes de revenu et de richesse par Français. Ce sont les exilés français qui ont relancé notre démographie, poursuivi la modernisation de la City, réinventé notre industrie.

Après l'explosion de l'euro, nous avons compris que l'Europe allait être allemande. Pour rester dans la compétition avec Berlin, nous ne pouvions continuer à ne dépendre que de la City, d'ailleurs affaiblie par le chaos et la division du continent. Nous avons alors décidé de reconstruire notre agriculture et notre industrie. Nous avons choisi de rebâtir nos infrastructures tout en conquérant de nouveau notre autonomie énergétique pour ne dépendre, après l'extinction des ressources de la mer du Nord, ni des importations de pétrole ni du continent. »

Sentant chez moi un certain scepticisme, elle m'a fusillé du regard et a enchaîné avec un débit encore accéléré :

« Le défi était immense. Au départ, personne n'y croyait vraiment. Or les Français, eux, nous ont permis de le relever. Ils nous ont apporté imagination, savoir-faire, puissance de travail. Nous les avons tous accueillis, les riches et les pauvres, les Parisiens et les provinciaux, les surdiplômés et les analphabètes, sans critère de fortune, de race ou de religion. Nous avons parié que la régulation naturelle de notre société ferait le tri entre le bon grain et l'ivraie. Pari gagnant. La plupart sont restés. On peut dire que ce fut l'invasion la plus bénéfique pour le Royaume-Uni depuis le débarquement de Guillaume le Conquérant.

Ici, les Français sont partout. Ils dirigent la City mais aussi nombre de nos grands groupes ; ils occupent des postes clés dans nos écoles et nos universités, dans nos hôpitaux, dans nos musées, dans nos clubs de foot et de rugby. Ils ont même investi le Foreign Office où ils ont réussi à redonner vie au Commonwealth. Nous avions gardé la monarchie mais perdu nos illusions impériales ; les transfuges de la diplomatie française avaient, eux, conservé la nostalgie de l'empire. Ils ont réussi le prodige d'en produire une version adaptée à l'histoire universelle qui a permis de relancer le Commonwealth. Au fond, les Français sont moins chauvins et plus internationalistes que nous.

Un seul domaine leur est, en pratique et non dans les textes bien sûr, interdit : c'est la politique. En effet, les Français sont des lions qui choisissent – est-ce par peur de s'entre-dévorer ? – d'être dirigés par des veaux si on les laisse faire. C'est ainsi qu'ils ont transformé la France en zoo. Des générations de politiciens ont limé les dents de ces fauves pour les transformer en mollusques. Nous agissons en sens inverse. Nous les libérons de leurs chimères et du poids de l'État, nous les rendons à eux-mêmes en les laissant exprimer librement leurs talents… Et les voilà rois de cette jungle qu'est la mondialisation. »

La question me brûlait les lèvres : comment expliquer finalement cette improbable intégration ? Elle est devenue alors presque exaltée :

« Notre modèle de développement reste inspiré par le célèbre “effet Wimbledon”. L’important, ce n’est pas la nationalité des joueurs, mais de maîtriser le terrain le plus réputé du monde et d’incarner l’esprit du jeu. Voilà la garantie d’attirer sur notre île, par tout temps et en toutes circonstances, les meilleurs joueurs du monde. Les Français atteignent l’excellence dans bien des domaines. Nous leur fournissons le terrain et les règles qui leur permettent de donner le meilleur d’eux-mêmes.

Voilà pourquoi il est hors de question que le FMI contribue si peu que ce soit au redressement de la France. J’ai la conviction que celle-ci ne peut être relevée mais je n’entends pas courir le risque de vous laisser tenter de la réveiller. Elle est morte en tant que nation et cela nous convient très bien. Elle est indissociable d’une certaine idée de la liberté. Mais cette idée et cette civilisation ont déserté son territoire et son État. Elles sont incarnées par les Français libres, et notamment ceux qui ont choisi de s’installer au Royaume-Uni. Qu’importe la ruine de la France du moment que les meilleurs des Français réussissent, a fortiori s’ils réussissent chez nous.

Vous n’aurez pas notre argent. Mais vous aurez notre veto si vous vous obstinez à voler au secours de la France, ce nouveau pays du tiers-monde. Dès le prochain conseil d’administration, il est du devoir du FMI, après le G20, l’OCDE, l’Union européenne ct toutes les autres instances internationales, d'acter sa faillite. Quant aux Français qui veulent réussir, nous faisons notre affaire de leur avenir ! »

Passablement ébranlé par ce franc-parler, j'ai senti la nécessité de me détendre. La très émouvante War Room de Churchill durant la Seconde Guerre mondiale m'a semblé le refuge idéal pour chercher une inspiration salvatrice. « Il faut prendre l'événement par la main avant qu'il ne vous saisisse à la gorge », aimait à répéter Churchill. Moi, voilà ce que je crois : la France, pour avoir dilapidé toutes les occasions de prendre son destin par la main, va voir l'histoire non seulement la prendre à la gorge mais la lui trancher. Lady Virginia, dont il y a tout lieu d'avoir peur, me semble parfaitement désignée pour procéder à l'exécution. Et il n'y a aucune chance que sa main tremble !

Lettre 26

De Alassane Bono à sa femme, Stella Haïdjia

Paris, hôtel Ritz,
le 21 octobre 2040

Après la Dame de fer britannique, j'ai rencontré, ma très chère Stella, une autre femme d'exception, la chancelière allemande Ursulla Valhalla. Autant son homologue britannique est dure et soucieuse de prouver sa capacité à être plus vindicative et impitoyable que l'ensemble des hommes de son gouvernement, autant la chancelière incarne la banalité du bien. Elle est souriante et avenante, à l'image de ses invraisemblables tailleurs près du corps qui déploient toutes les couleurs de l'arc-en-ciel. A priori, elle acquiesce à tout. Il ne faut toutefois pas s'y tromper : aucun de ceux qui l'ont sous-estimée n'est plus là pour en parler. Sa simplicité et sa cordialité cachent un stratège redoutable qui excelle dans les combats tactiques comme dans les desseins lointains. Elle a le don de conduire des projets sur des périodes de temps qui défient les lois de la politique.

« La France est notre croix ! a-t-elle soupiré. Dieu s'est vengé des Allemands, de leur capacité d'organisation et de travail, en leur infligeant les Français pour voisins. La France est un pays merveilleux, habité par un peuple épouvantable. Elle a pu figurer parmi nos vainqueurs sans jamais nous battre depuis Napoléon à Iéna, en 1806. Elle a toujours diabolisé l'Allemagne et culpabilisé les Allemands. Nous sommes rationnels en tout. Excepté dans nos relations avec la France. Plus nous respectons les Français, moins ils nous aiment. Plus nous payons, moins ils nous acceptent.

La France a failli nous ruiner, non par l'expansion de son économie mais par sa chute. Sa dérive financière et la pression qu'elle a créée sur la zone euro ont agi comme une épidémie. Tout cela a coûté à l'Allemagne l'équivalent de sa réunification. Mais là, nous avons payé pour rien : l'euro a fini par éclater et la France file droit à la banqueroute. Les conséquences ne se sont pas limitées à nos finances. L'exaspération des Allemands face à la faillite et à l'irresponsabilité françaises a provoqué l'échec cinglant du référendum sur l'union germano-française. Nous étions à deux doigts de revenir à 1933, qui a vu l'arrivée de Hitler à la chancellerie. Mes prédécesseurs en ont été réduits à répondre à la violence par la violence, en réprimant par la manière forte, en 2031, la marche contre l'euro qui se dirigeait vers Berlin. »

J'ai ressenti alors comme un accès de tristesse chez cette femme d'État habituée à trancher dans le vif. Elle a baissé la voix pour continuer :

« Heureusement, notre économie a tenu, portée par la compétitivité de notre industrie et par le plein-emploi. Fait unique dans l'histoire allemande, notre salut est venu de l'extérieur, avec l'afflux des jeunes Européens attirés par le second miracle allemand. Depuis deux décennies, un million d'entre eux s'installent chaque année dans notre pays. L'immense majorité a choisi d'y rester, d'autant que nous avons mis en place une politique familiale généreuse. Ils ont résolu la crise démographique. L'Allemagne compte désormais plus de cent millions d'habitants, ce qui a relancé la demande intérieure. Et comme ces jeunes immigrés sont bien formés et très qualifiés, leur arrivée conforte également notre compétitivité.

Nos objectifs et notre position sont clairs. Autour de l'euromark, nous avons reconstruit une puissante zone économique qui va de la mer du Nord à l'Oural. Nous sommes reconnus comme l'un des pôles majeurs de la mondialisation, aux côtés de la Chine, des États-Unis, de l'Inde ou du Nigeria. L'Allemagne est le seul leader de l'Europe continentale. Mais nous ne paierons jamais plus pour la France et nous souhaitons conserver le plus de distance possible avec les Français. La seule chose à laquelle nous acceptons encore de contribuer, c'est la mise sous cocon de l'arsenal nucléaire. Nos inspecteurs en vérifient régulièrement l'état ainsi que la sécurité des centrales nucléaires qu'EDF ne peut plus assurer, ni sur le plan technique ni sur le plan financier.

Pour le reste, nous avons fermé les frontières avec la France depuis le début des années 2030, tout en ménageant un statut spécial pour les Alsaciens qui partagent notre langue et nos valeurs. Dorénavant, l'installation de Français en Allemagne est soumise à des conditions drastiques : investir une somme minimale de un million d'euromarks ; ou être diplômé d'une des cent premières écoles d'ingénieurs ou universités mondiales. »

Là j'ai eu envie, une dernière fois, de me faire l'avocat du diable. « Mais vous allez vraiment les laisser tomber ? » lui ai-je glissé sur un ton incrédule. Sa réaction m'a glacé :

« Nous n'avancerons plus un seul euromark pour aider la France et nous nous opposons à tout engagement ou soutien supplémentaire du FMI en sa faveur. Nous avons déjà beaucoup donné pour la France et les Français. Beaucoup trop. La ménagère souabe, elle, sait bien que l'on ne peut pas dépenser durablement davantage que ce qu'on gagne.

Plus que les raisonnements sophistiqués et les schémas abstraits dans lesquels les Français se complaisent, a-t-elle poursuivi, je vais me risquer à une comparaison tirée de l'histoire. Vous connaissez les progrès étonnants effectués dans la connaissance de la préhistoire. Il y a quelque trois cent mille ans vivait en Europe l'homme de Neandertal. Contrairement à une vision éculée, les Néandertaliens n'avaient rien de fruste. Leur civilisation était des plus avancées. Ils étaient des chasseurs et des cueilleurs habiles. Ils fabriquaient d'excellents outils et les premières armes en os, en bois et en pierre. Ils ont innové en utilisant le charbon de bois ou l'ocre comme colorants. Ils ont inventé le langage, l'art et la religion autour des sépultures de leurs morts. Ils ont su s'adapter pour résister, sur une très longue période, aux variations du climat.

En bref, le monde appartenait aux Néandertaliens. Il leur manquait une seule chose : la capacité à tisser des liens sociaux pour s'unir face à l'adversité ou aux menaces. D'une galaxie de talents et d'innovations isolés, Neandertal n'a pas réussi à faire naître une société ou une organisation collective. Il s'adaptait passivement aux changements de son environnement mais ne cherchait pas à l'aménager. »

Elle a marqué un temps d'arrêt pour observer ma réaction, avant d'enchaîner :

« Puis, venu d'Afrique et d'Asie, Homo sapiens a débarqué sur le continent européen il y a environ quarante mille ans. Il s'est rapidement approprié les innovations mises au point par Neandertal. Mais, contrairement à lui, il a misé sur le lien social, il s'est regroupé et a fait société. Il n'a pas considéré le monde comme une donnée mais a entrepris de le transformer. Les Néandertaliens se sont trouvés marginalisés et ont été repoussés vers les zones glaciaires, quand ils n'ont pas été simplement exterminés. Le dernier d'entre eux a disparu sur un glacier des Alpes, quelque vingt-huit mille ans avant notre ère. »

Elle s'est tue, ravie de son effet. Sa voix s'est alors faite plus forte : « Eh bien, les Européens du XXIe siècle sont les nouveaux Néandertaliens ; ils savent isolément travailler, créer, innover, mais ils ont perdu la capacité de vivre ensemble et la foi dans leur capacité à transformer le monde. À cause de cela, ils sont en passe d'être exclus de l'Histoire par les nouvelles classes moyennes d'Asie et d'Afrique. Le dernier Européen, qui sera probablement un Allemand, finira par disparaître aux confins d'un désert, victime du réchauffement climatique cette fois, et non pas des grandes glaciations.

Nous mourrons victimes de la France. Elle a inoculé à l'Europe, qui avait pourtant ouvert la voie aux intégrations régionales, le venin mortel des déficits permanents, de la violation des règles communes, du mensonge et de la défiance. Du moins, nous les Allemands avons décidé de nous battre avec toute notre énergie quand les Français continueront jusqu'à leur dernière heure à se comporter en peuple de mendiants, cherchant de nouveaux artifices pour vivre aux crochets de leur prochain. »

De retour au Ritz, je me suis senti aussi anéanti que l'homme de Neandertal ! La rage froide de la chancelière allemande m'a paru plus dévastatrice et désespérante encore que les calculs géopolitiques du Premier ministre britannique. Pour la France, en tout cas, toutes les portes sont fermées en Europe. Cela explique le peu d'empressement des responsables français à tenter de faire jouer la solidarité du continent. Mais sous quelle latitude pensent-ils créer ce sentiment en se conduisant avec un tel mélange d'irresponsabilité et de duplicité ?

Lettre 27

De Stella Haïdjia à son mari, Alassane Bono

Cotonou,
le 21 octobre 2040

Alassane, mon ami et mon mari, cette fois-ci, rien ne va plus ! Ton navire coule.

Les rédactions m'ont alertée sur ce qui n'est plus une rumeur mais déjà une information. Le G10 des grands pays émergés se serait accordé, lors de la conférence de Kuala Lumpur, pour présenter l'arrière-petit-fils du général Giap à ta succession comme directeur général du FMI.

Sa candidature est plus que sérieuse. Giap est un économiste réputé qui a travaillé avec plusieurs prix Nobel à la Beijing School of Economics. Il a publié une thèse remarquée : *La Mondialisation et la hausse tendancielle du taux de profit.* Plusieurs fois reconduit à la tête de la Banque centrale du Vietnam, il est tenu pour être l'un des pères du boom du pays et de son accession au club très fermé des grandes puissances industrielles. Il a aussi lutté avec succès contre les bulles spéculatives créées par l'afflux d'investisseurs et de capitaux internationaux. Dans ses fonctions de banquier central, il a côtoyé les responsables économiques de toutes ces nations, hier humiliées, mais qui disposent aujourd'hui de la majorité des voix au FMI.

Par sa famille et son histoire, il se trouve également au cœur des réseaux de pouvoir en Asie. C'est un fin diplomate. Il réussit le prodige d'être aussi bien en cour à Pékin que dans les autres capitales asiatiques, pourtant très inquiètes de la manière impériale dont la Chine gère sa position de première économie du monde. Enfin, quoique descendant du célèbre général communiste, le vainqueur des Français à Diên Biên Phu en 1954 puis des Américains à Saigon en 1975, il dispose de soutiens très solides à Washington où a été salué son appui décisif dans le règlement de la dernière crise bancaire.

Il laisse les États-Unis et la Chine faire sa campagne sans déclarer sa candidature : cela confirme son habileté. Le croiras-tu ? Il a choisi de centrer la réforme de la gouvernance du FMI sur une nouvelle diminution des droits des Européens, l'encadrement des pouvoirs du directeur général et l'exercice d'un droit d'inventaire sur les plans d'aide...

Tu n'es naturellement jamais cité. La France, pas davantage. Mais les cibles sont faciles à identifier. L'effet est ravageur. Tu as lié ton sort à un pays qui cristallise la volonté de revanche des États qui comptent au XXIe siècle, sur un pays devenu en même temps la risée du monde. Toi, l'enfant du continent du futur de l'humanité, tu vas faire figure d'homme du passé. Le jeune Giap se présente habilement comme ton parfait antidote. Il n'a pas besoin de parler. Il lui suffit d'être présent ;

ton absence constitue son meilleur argument. Il incarne la raison et l'avenir ; tu deviens le dernier défenseur des vieux pays en faillite !

Pour autant, il n'a pas gagné. L'Afrique conserve un rôle décisif dans l'élection. Il existe une inquiétude latente sur le quasi-monopole de l'Asie dans la direction des grandes agences multilatérales. Et la mémoire du néocolonialisme asiatique du début du siècle reste vive sur notre continent.

Notre président m'a confirmé que les dirigeants africains te soutiennent. Mais la meilleure des armées n'a jamais remporté aucune bataille sans un chef à sa tête. J'ai bien dit *un chef*, et non pas un zombie qui vit entouré de fantômes.

Le temps t'est compté. Si tu restes à Paris, tu finiras jeté en pâture à des médias prompts à sentir l'odeur du sang. Saute dans un avion et fais la tournée de notre continent avant de réintégrer le FMI. Cela permettra à Blaise d'orchestrer les déclarations et les manifestations en faveur de ta reconduction.

La campagne, c'est maintenant !

Lettre 28

De Sarah à son père, Alassane Bono

San Francisco,
le 21 octobre 2040

Cher Dad, j'ai senti Maman très inquiète à ton sujet et j'ai commandé cette semaine une revue complète des médias sur la situation de la France et ta mission au FMI. Le week-end m'a permis de l'analyser calmement.

À sa lecture, le sentiment général est que la crise française connaît une spectaculaire accélération. Elle est nettement plus grave qu'annoncé et tout montre qu'elle est en passe de faire deux victimes collatérales. D'abord, bien sûr, les pays européens dont la dette va une nouvelle fois subir le contrecoup du défaut français. Mais aussi le FMI et son directeur général béninois qui sont accusés de laxisme et de complaisance envers la France.

Une unanimité, rare entre États, continents et banques centrales, s'est déclarée pour solder définitivement le cas français. Il n'a que trop accaparé les instances multilatérales et pollué les débats au sein de la communauté internationale. Une convergence de vues tout aussi exceptionnelle apparaît entre les États, les ONG, les marchés et l'opinion publique à travers les réseaux sociaux. Elle s'exprime avec une force particulière en Afrique.

Tous ont l'impression d'avoir payé très cher et d'avoir été trompés. La France et les Français sont considérés comme suicidaires – ce qui est leur choix –, mais surtout comme une menace pour la stabilité internationale. Ils exportent la violence et la misère en Europe. Cet État effondré ne fait rien pour rétablir la sécurité ; il joue du chaos qu'il génère pour faire chanter ses voisins et les marchés. Aujourd'hui, des coupe-feu efficaces ont été établis, tout risque sérieux de contagion est écarté. L'idée, qui revient de manière obsessionnelle, c'est de refuser toute nouvelle aide.

Mes correspondants sur les principales places financières m'ont confirmé qu'aucun investisseur privé n'est plus prêt à participer à une nouvelle opération de restructuration de la dette française. Le souvenir des contentieux que la France a engagés contre certains de ses créanciers reste cuisant. Elle est allée jusqu'à créer ses propres juridictions spécialisées. Même si elle a finalement perdu tous ses procès, en plus d'être insolvable, elle s'est acquis une solide réputation d'État vautour.

L'idée des marchés est aux antipodes de la tienne : ils veulent saisir cette occasion pour relancer la spéculation contre l'Europe ; ils déstabiliseront les États et les banques. Au terme des plans précédents, les créanciers publics, dont le FMI, détiennent la quasitotalité de la dette publique française ; donc ce sont eux qui assumeront les pertes.

Tous les feux se concentrent sur toi. Depuis ta nomination, tu n'as jamais autant retenu l'intérêt des médias. Mais ceux-là mêmes qui encensaient le premier Africain porté à la tête du Fonds te taillent littéralement en pièces. Plusieurs éditorialistes moquent ta révérence supposée envers l'ancienne métropole déchue. Ils pointent les risques financiers encourus par le FMI et la violation de ses statuts comme de son règlement intérieur.

C'est, à mon sens, le plus inquiétant. Il ne s'agit pas d'articles isolés. Cette véritable campagne vise rien de moins que ton éviction en raison des manquements présumés à ta fonction. Ta francophilie mettrait en péril non seulement le FMI mais les autres États européens. Alors qu'ils se sont réformés avec courage, ils se trouvent menacés d'être emportés par la débâcle française !

Au cours de ma vie d'investisseuse, j'ai vu cheminer souterrainement nombre d'opérations hostiles, destinées à prendre le contrôle d'une entreprise ou à destituer des dirigeants. Mais jamais à l'échelle planétaire. La chasse à courre est maintenant lancée sur les cinq continents. Tu es le seul gibier coursé, puisque la France est déjà à terre.

Dans ces circonstances, la dynamique et le tempo sont essentiels. Vis-à-vis des médias, coupe court au procès d'intention qui t'est fait. Rends publiques les conclusions de ton audit sur la France. Laisse savoir que tu recommandes l'arrêt de toute aide. Rentre de toute urgence à Washington pour t'entretenir personnellement avec chaque administrateur : tu t'assureras ainsi une majorité dans la perspective du prochain conseil.

Il y a un temps pour tout. Tu feras campagne pour ta réélection plus tard ; aujourd'hui, il te faut reprendre le contrôle de la situation. Rappelle-toi cette maxime de la France du temps jadis que tu aimais à nous répéter lorsque nous étions enfants : « Oignez vilain, il vous poindra ; poignez vilain, il vous oindra. » Tu as consacré trop de temps à oindre les vilains ; désormais, l'heure est à les poindre.

Tu peux en tout cas compter sur mon soutien comme sur celui de Reckya et de Jonas. Ton fils découvre que la ligne de partage qui sépare le succès de la déroute, l'idolâtrie de la diabolisation, est extrêmement ténue. Voir son père adulé se faire malmener le met au désespoir.

Ted, qui lit par-dessus mon épaule, t'embrasse très affectueusement.

Lettre 29

De Alassane Bono à sa fille, Sarah

Paris, hôtel Ritz,
le 22 octobre 2040

Très chère Sarah, ta lettre me parvient au moment où je débute la semaine décisive pour ma mission. Mille mercis pour l'attention bienveillante que tu portes à ton vieux père et pour ton travail vraiment remarquable.

Les extraits de revue de presse que tu m'as fait parvenir m'ont fait prendre conscience de l'isolement dans lequel je me trouve. Je ressens un malaise croissant ; je me découvre coupé de l'information.

Le fil des nouvelles en provenance de Washington se tarit ; je ne reçois strictement rien de notre bureau de Paris, dont je peine de plus en plus à comprendre la raison d'être. Les réseaux mondiaux paraissent comme filtrés ici et les médias français se concentrent presque exclusivement sur l'actualité nationale.

L'état très dégradé des infrastructures de communication ne constitue qu'une explication partielle. Le système médiatique français dispose d'une indépendance toute relative. Il reste très influencé par le gouvernement, avec une collusion d'intérêts et une confusion de la vie privée uniques entre les dirigeants politiques et les journalistes. Les principaux organes sont souvent détenus par de grands groupes en relation d'affaires avec l'État – ce qui est sans doute inévitable dans un pays où la dépense publique représente les quatre cinquièmes de la production nationale. Ils ne survivent que par le versement de subventions, qui les placent à la merci du pouvoir.

L'idéologie ne s'affiche pas mais elle est omniprésente. Elle obéit moins à la pression du monde politique ou des puissances d'argent qu'au corporatisme et à l'exaltation d'une image idéale de la France qui n'a plus aucun lien avec le réel. Ici, le désintérêt pour le monde extérieur est stupéfiant. Face au mouvement permanent des hommes, des marchandises, des capitaux et des idées, le goût pour la commémoration d'un passé glorieux mais disparu confine à la pathologie. La France n'est pas aux marges de l'histoire du XXIe siècle ; elle s'est installée en apesanteur, hors d'un monde et d'une époque qui ne lui conviennent pas. La responsabilité du système médiatique dans cette psychose nationale n'est pas moins grande que celle de la classe politique.

Ma perception de la situation française évolue. Elle se rapproche du sentiment général, notamment du constat dressé par mes collègues du quartette. Je doute de plus en plus qu'il subsiste une fenêtre pour engager une nouvelle restructuration. Il me reste toutefois quelques entretiens importants à conduire à Paris, notamment avec le président de la République. J'en aurai alors fini.

Ton affection, l'amitié de Ted et la gentillesse de vos enfants envers leur grand-père ne me sont pas de trop pour affronter les turbulences qui s'annoncent.

Lettre 30

De Alassane Bono à sa femme, Stella Haïdjia

Paris, hôtel Ritz,
le 22 octobre 2040

Ma chère Stella, je tiens le plus grand compte de tes avertissements. Je suis désormais fermement décidé à achever rapidement ma mission à Paris. Mais je n'entends pas pour autant céder à la panique.

J'ai fait un point complet avec Blaise sur les dossiers en cours et la préparation du prochain conseil. Tout est sous contrôle.

L'enseignement supérieur et la recherche ont fourni le fil conducteur de mes entretiens du jour. L'expérience des révolutions dans le monde développé, émergé ou en voie de développement m'a toujours conduit à prêter beaucoup d'attention à la jeunesse et à ses difficultés d'insertion sur le marché du travail et dans la société. Le FMI, dans ses études, ses recommandations et ses plans d'ajustement, accorde ainsi une place centrale à la formation et à l'insertion des jeunes.

Or la situation de la jeunesse, ici, constitue à mes yeux l'un des aspects les plus critiques de la situation. Près d'un jeune sur deux abandonne ses études sans savoir ni lire, ni écrire, ni compter, avec des taux d'analphabétisme qui peuvent atteindre 80 % chez les moins de vingt-cinq ans dans les ghettos urbains. Parmi ceux qui rejoignent l'Université, une nouvelle moitié abandonne ses études avant la licence. Enfin, près des deux tiers des jeunes sont au chômage et grossissent les rangs des « souteneurs de murs ». Ceux, rares, qui finissent par trouver un emploi voient leurs rémunérations ponctionnées de près des deux tiers par les impôts et les charges pour financer les trous sans fond du budget et de la protection sociale. La plupart sont contraints de cohabiter avec leurs parents, faute de disposer de revenus suffisants pour se loger.

C'est la raison pour laquelle nous avions demandé, en contrepartie de l'aide internationale, l'autonomie des lycées et des universités ainsi que la libéralisation du marché du travail. Si tant est que l'on puisse parler de marché pour une machine qui protège les salariés du secteur public et exclut la majorité de la population active. Notamment les jeunes, qui font l'objet de discriminations systématiques à l'embauche.

À l'égal du reste, aucune de ces réformes n'a été réalisée, même si certaines ont été annoncées ou simulées. L'autonomie des universités a été faite et défaite au gré des changements de majorité, alors qu'elle était supposée être un objet de consensus au sein des partis de gouvernement. En ce qui concerne le marché du travail, les rapports et les projets se sont accumulés. Tous ont fini par achopper sur la sanctuarisation du statut de la fonction publique, la protection du contrat à durée indéterminée, le maintien d'une forme d'autorisation administrative de licenciement, la réduction de la durée de la vie active et du temps de travail annuel qui restent les plus courts au monde.

L'échange que j'avais organisé avec les étudiants dans le grand amphithéâtre de la Sorbonne a confirmé mes inquiétudes. Le débat sur la situation des universités et l'emploi des jeunes a tourné court devant l'angoisse qui s'est exprimée. L'écart qui s'est creusé entre les universités françaises et les institutions internationales paraît aux étudiants aussi infranchissable que le mur contre lequel ils butent au moment d'entrer dans la vie active. Ici, les universités n'ont cessé de reculer dans les classements internationaux et ont été mises au ban des programmes de coopération internationale : l'insécurité et les grèves permanentes ne permettaient plus d'accueillir les étudiants étrangers dans des conditions acceptables. Par ailleurs, le principe de précaution et les contraintes du droit du travail, notamment la réduction du temps de travail, ont bridé la recherche.

Seules les meilleures des grandes écoles demeurent des pôles d'excellence reconnus parce qu'elles ont pu, grâce à leurs anciens élèves, conquérir une complète autonomie juridique et financière. La plupart se sont en partie délocalisées, en ouvrant des centres à l'étranger où elles attirent des professeurs et des élèves de talent tout en conservant une recherche de classe mondiale.

À l'inverse, les diplômes universitaires, du fait de l'effondrement de leur niveau académique et de leur absence de reconnaissance internationale, ne sont que « chiffons de papier » ; ils ont perdu toute valeur, même sur le marché national. La conclusion du débat a été apportée par une jeune étudiante en sciences politiques : « Nous ne voulons plus de promesses ou de nouveaux mensonges, nous voulons un avenir. Cessez donc de nous parler d'études ou d'emplois en France. Délivrez-nous juste des visas pour l'Afrique ! »

J'ai traversé la rue Saint-Jacques pour rejoindre le Collège de France, où m'attendaient l'administrateur et une délégation d'éminents professeurs. J'ai été très impressionné de me trouver devant un tel aréopage.

L'administrateur m'a présenté les principes de fonctionnement du Collège. Ils sont longtemps restés inchangés depuis sa fondation, en 1530, par François Ier. L'idée directrice consiste à enseigner la recherche en train de se faire et pas seulement la recherche établie. Elle s'applique toujours pour les mathématiques, la philosophie, les lettres ou la linguistique. Elle a en revanche été battue en brèche par le principe de précaution pour la physique, la chimie, la biologie ou la médecine : dans ces disciplines, la liberté des travaux a dû être strictement encadrée pour limiter les risques de contentieux.

De même a été instaurée une obligation de dispenser les cours dans la seule langue française.

Renforcé par la création d'une université numérique d'État afin de contrôler les enseignants et les étudiants, les cours et les diplômes, ce monopole a tué l'université en ligne en France. À l'inverse, des chaires et des centres de recherche créés à l'étranger rendent une marge de liberté aux équipes et permettent de les rémunérer convenablement, ce qui évite la fuite généralisée des cerveaux. Les professeurs français restent très demandés par les universités en ligne américaines, asiatiques et africaines. L'antidote n'est pas parfait mais il assure le financement du Collège de France et lui permet de tenir à peu près son rang.

La journée s'est achevée au Grand Stade. Tu connais mon enthousiasme pour le sport. J'avais été en première ligne pour l'organisation des Jeux olympiques de Lagos en 2032, qui ont symbolisé le renouveau du continent africain. Contrairement à la plupart de mes collègues du FMI, je tiens le sport, comme d'ailleurs la culture, pour des secteurs économiques à part entière mais aussi pour des miroirs de la société. J'ai donc demandé à assister à un match de football. À mon étonnement, ma demande a été fort mal reçue pour des raisons de sécurité. J'ai découvert au fil de la soirée qu'elles n'avaient rien d'infondé.

Je savais que les clubs français avaient été exclus de toutes les compétitions européennes, compte tenu du comportement de leurs supporteurs et de l'explosion des paris sportifs truqués. La décomposition de la société civile et la disparition de l'ordre public laissent libre cours à la violence et à la passion pour le jeu, qui se rejoignent dans les activités criminelles. Là encore, les lois ont été multipliées, mais sans aucun résultat.

J'avoue avoir sous-estimé le niveau de violence qui s'exprime lors des matchs, sur et autour du terrain. L'inévitable Le Menh m'a une nouvelle fois sauvé la mise en me faisant quitter le stade bien avant le coup de sifflet final. Cela nous a permis d'éviter le pic de violence des affrontements entre les bandes de supporteurs auxquelles les différentes tribunes du stade sont affermées.

On m'a expliqué que la majorité des clubs de la région parisienne représentent les différents bidonvilles et sont indirectement détenus et financés par les gangs. Détaché des instances européennes, le football, en France, a dérivé pour ressembler à la *sioule* celte. Les coups entre joueurs sont d'une brutalité inouïe. Et ce n'est rien à côté des véritables batailles rangées qui se déroulent dans les tribunes.

En vertu d'une tradition bien établie, les supporteurs du club vainqueur du championnat fêtent leur titre en mettant à sac un quartier du centre de Paris : c'est la seule occasion, avec les festivités du nouvel an, où la population des bidonvilles est tolérée dans la capitale. Les Parisiens se barricadent alors dans leurs immeubles ; les agences de tourisme éloignent leurs clients. Malheur au promeneur ou au touriste égaré ce jour-là !

Cela dit, sur le terrain, le spectacle est d'une intensité peu commune et les joueurs sont des athlètes superbes. Leurs qualités les mettent au niveau des meilleurs sportifs mondiaux. La plupart de ceux qui percent dans cette compétition sortie de l'Apocalypse ont le plus souvent grandi dans les bidonvilles. Certains se voient offrir des fortunes par les grands clubs internationaux de football. D'aucuns deviennent des vedettes planétaires dont les revenus donnent le vertige…

Il est bien difficile de trouver le sommeil après une telle journée. D'un côté, une jeunesse étudiante voit son énergie, sa confiance en l'avenir et ses espoirs tués dans l'œuf par la déliquescence de l'Université et par le blocage du marché du travail : il fonctionne comme une pompe qui sanctuarise les improductifs et élimine ceux pour qui l'emploi et le salaire méritent travail ! De l'autre, de jeunes sportifs amassent des fortunes au cours de carrières éclairs, au risque de leur santé. Tous sont réduits à une même forme d'esclavage en se trouvant dépossédés de la maîtrise de leur destin.

Comment ne pas s'interroger sur le rapport de la société française avec l'argent ? Peut-on légitimement assurer la survie d'une nation où il est hautement condamnable de s'enrichir par le travail et l'épargne, mais légitime de s'enrichir par le sport, le jeu et le divertissement, voire par la délinquance et le crime ? L'explication réside peut-être dans l'idolâtrie de l'égalité. Elle tolère la réussite quand elle est le fruit du hasard devant lequel tous sont présumés égaux ; elle la maudit lorsqu'elle résulte d'une aventure entrepreneuriale impliquant volonté, imagination et goût de l'effort qui ne seront jamais universellement partagés. La seule certitude : c'est un État en faillite et une société en dépression collective. Et une jeunesse qui n'a d'autre choix que le chômage ou l'exil. Reste une nation de retraités, de chômeurs et de fonctionnaires dont l'actif se réduit à un monceau de dettes et dont l'avenir s'écrit au passé.

Lettre 31

De Alassane Bono à sa femme, Stella Haïdjia

Paris, hôtel Ritz,
le 23 octobre 2040

Ma très chère Stella, il s'en est fallu de peu que ma vie ne s'achève ici.

Dès mon réveil, j'ai été saisi d'un mauvais pressentiment. La ville et le temps étaient sinistres. Le ciel était gris et bas ; des rafales de pluie glacée balayaient une place Vendôme vidée de ses rares badauds. J'ai dû prendre sur moi pour me rendre à ce qui devait être une ultime session de travail au ministère des Finances.

L'agression a eu lieu aussitôt après la sortie de notre voiture du parking du Ritz. Un camion de livraison, banal, bloquait la rue. Tout s'est joué en un instant : les vitres explosent ; deux motos serrent les portières ; des hommes cagoulés et casqués font irruption et nous braquent. Je sens le froid d'un calibre sur ma tempe. Le Menh, lui-même tenu en joue, hurle de tout donner. J'obéis et lâche ma mallette avant de prendre un violent coup sur le crâne. Puis je perds connaissance.

Je n'ai qu'un souvenir confus de ce qui a suivi. Le Menh s'est assis à mes côtés. La voiture a redémarré comme une flèche toute sirène hurlante. Le vent et la pluie s'engouffraient par les vitres béantes. Le chauffeur pile devant les urgences de ce que j'ai découvert après coup être l'hôpital Georges-Pompidou.

Le Menh m'aide à descendre ; je suis couvert de sang. Il m'installe dans la salle d'accueil. Là commence une très longue attente. Mes esprits reviennent en partie et je m'efforce de dresser l'inventaire du vol. Papiers d'identité, cartes professionnelles, clés, dispositifs d'accès au FMI, tout a disparu. Mon matériel de communication également, heureusement sans les codes – ces sécurités ne résisteront pas longtemps à des professionnels avertis. Mais la perte majeure reste ma vieille mallette en cuir, qui contenait l'intégralité de l'enquête et les recommandations du FMI sur la France, ainsi que nombre d'autres documents hautement confidentiels.

L'attente se prolongeait et avec elle une douleur obsédante à la tête qui me faisait perdre la notion du temps. Le vague pansement qui m'avait été appliqué n'empêchait pas le sang de couler. Le Menh, de plus en plus inquiet, livide, se démenait et s'agitait en tous sens, palabrant de guichet en guichet sans parvenir à obtenir le moindre soin.

Je me sentais défaillir quand ma chance a enfin fini par tourner. La porte donnant sur le service de soins s'est ouverte et j'ai vu apparaître le professeur de Saint-Vincent, qui dirige le pôle de chirurgie ultramoderne du centre hospitalier Léopold-Sédar-Senghor à Dakar. Au début, j'ai cru que je divaguais. Est-ce que je perdais la raison sous l'effet du choc ?

Sa surprise a été au moins égale à la mienne. Nous avions débattu et sympathisé lors des journées mondiales sur l'économie de la santé qui se tiennent chaque année au Sénégal. Il a réagi avec une vigueur et une efficacité que j'étais bien incapable de déployer.

Le Menh lui a expliqué les circonstances de mon agression et notre longue attente aux urgences. Il a aussitôt convoqué tous les acteurs de la chaîne administrative et médicale. Il s'est indigné qu'un malade puisse être traité – ou plutôt maltraité – de pareille manière.

En un instant, la situation s'est débloquée. Tout ce qui était figé s'ordonne et tourbillonne. Mon admission et mon dossier médical surgissent et sont enregistrés. Une infirmière aux doigts de fée m'injecte un antalgique qui fait disparaître la douleur. La batterie des examens de contrôle s'enchaîne ; ils montrent que j'en suis quitte pour une commotion cérébrale et de fortes contusions. Ma plaie, superficielle, est recousue par le professeur de Saint-Vincent en personne. De l'inertie administrative au professionnalisme le plus pointu et à une humanité rare, la brutalité du changement m'a laissé abasourdi !

Le professeur de Saint-Vincent m'a recommandé deux jours de complet repos. Il m'a donné ses coordonnées personnelles pour le cas où je ressentirais le moindre malaise, ainsi que le nom et l'adresse de deux de ses confrères à Washington et à Dakar : je dois faire surveiller mes cervicales qui présentent dorénavant un risque élevé de hernie.

Avant de me remettre entre les mains de Le Menh qui, entre-temps, s'est procuré un nouveau véhicule, Saint-Vincent a voulu échanger quelques mots. Il me conduit dans son bureau qui est dans un état de décrépitude bien indigne d'un savant de réputation mondiale.

« Je ne vais pas m'appesantir sur le délabrement du système de santé. La priorité pour vous est de rentrer à l'hôtel pour dormir et récupérer. C'est vraiment la Providence qui m'a conduit jusqu'à vous car les urgences sont tenues pour l'essentiel par des étudiants qui n'ont pas achevé leurs études de médecine, soit pour des raisons financières, soit parce qu'ils ont échoué à l'internat. Le meilleur côtoie le pire au plan médical ; mais le pire règne en maître pour la prise en charge et la gestion des patients.

Vous vous demandez certainement ce que je fais dans ce capharnaüm. D'abord, il ne faut pas se fier à l'état du service des urgences ou de ce bureau. Notre hôpital dispose de plateaux techniques exceptionnels, notamment dans le domaine des robots chirurgiens. Ces équipements, compte tenu de leur coût et de leur rareté, sont utilisés dans le monde en deux huit, sept jours sur sept ; les huit autres heures sont affectées à la maintenance. Chez nous, ils fonctionnent au mieux huit heures par jour, cinq jours par semaine, en raison des contraintes de personnel. Et quand nous disposons d'un bloc et parvenons à réunir l'équipe requise pour opérer, encore nous faut-il souvent brancarder nous-mêmes les malades. De même, nous devons vérifier méticuleusement les stocks de matériels, de consommables et de médicaments. Ils sont souvent périmés et sont l'objet de nombreux trafics : les produits d'origine sont revendus et remplacés par des contrefaçons.

Nous travaillons les deux tiers de notre temps pour des hôpitaux ou des services étrangers. Ils nous offrent des rémunérations attractives. Ils mettent surtout à notre disposition des infrastructures modernes, des financements et un environnement juridique sécurisés : cela nous permet de conduire nos activités de recherche. J'ajoute que le personnel est hautement qualifié et motivé, qu'il s'agisse des soins ou des fonctions de support. Du coup, nous y envoyons nos étudiants les plus prometteurs pour les former dans un cadre moderne et performant. » Il a soupiré avant de reprendre :

« Quant à moi, j'appartiens à l'ultime génération qui conserve une conscience aiguë de ce qu'elle doit à la France, à sa tradition médicale, à son éthique du patient. Certains nous décrivent comme des mercenaires de la santé. En réalité, nos activités ici relèvent, pour l'essentiel, de l'aide humanitaire. Naguère, les *French Doctors* opéraient dans le tiers-monde et créaient les principes d'une médecine au plus près des guerres et des catastrophes naturelles. Aujourd'hui, c'est la France qui est au bord de la guerre civile : chaque année, on compte près de deux mille morts et des dizaines de milliers de blessés par balle.

Le pays est une catastrophe qui n'a rien de naturel. Notre devoir est cependant de ne pas l'abandonner. On ne peut pas dire qu'il nous en soit reconnaissant. Nous vivons un cauchemar administratif, fiscal et juridique. Nous sommes la cible des contentieux les plus délirants. Sur ce plan, la France n'a plus rien à envier aux États-Unis : les hôpitaux et les médecins – et, à travers eux, les assurances santé – sont devenus une poche profonde dans laquelle tous cherchent à puiser.

Et puis, avant d'être affectés dans les CHU de centre-ville, nous devons effectuer plusieurs années dans les hôpitaux de la périphérie. J'ai ainsi passé plusieurs années dans le nord de Paris, dans des conditions qui défient l'imagination. Des patrouilles mixtes de la police et de l'armée quadrillaient l'établissement, ce qui m'a valu d'être attaqué par deux chiens de garde, un soir que j'avais été rappelé pour une opération d'urgence. J'ai aussi eu la chance de réchapper à deux prises d'otages : la première, par un gang qui voulait récupérer l'un de ses membres alors qu'il était au bloc opératoire ; la seconde, par des islamistes qui s'opposaient à ce que des soignants non musulmans prennent en charge une jeune convertie qui avait une péritonite. » Sa voix s'est comme affaissée en même temps que ses épaules. Sur un ton las, il a poursuivi :

« Sous les pressions religieuses fondamentalistes, tout le personnel était obligé d'observer le ramadan. Et puis une loi, dite de la diversité à l'hôpital, a été votée en 2024. En fait, elle instaurait une ségrégation par sexe et par religion. L'hôpital a fini par être dédoublé : un établissement réservé exclusivement aux hommes, et un autre aux femmes. Avec une séparation totale des sexes qui s'appliquait aux patients, au personnel soignant, aux agents administratifs ou aux équipes d'entretien et de maintenance.

Les surcoûts et les dysfonctionnements générés par cette absurdité étaient faramineux. De mon côté, je finissais par perdre certaines de mes compétences. Dans la chirurgie des parties molles, c'est-à-dire l'abdomen et tout ce qui se trouve autour, les robots ne supprimeront jamais l'intervention humaine. L'anatomie des femmes, n'en déplaise à notre législation sur le genre, reste différente de celle des hommes. À n'opérer que des hommes, je voyais venir le moment où je serais incapable de soigner des femmes.

L'enseignement et mes premiers contrats à l'étranger m'ont sauvé. Je me suis spécialisé dans la chirurgie ambulatoire, mais à l'échelle de la planète. J'ai aussi développé des centres de recherche sur les nouvelles technologies opératoires à Dakar, Dubaï et Hô-Chi-Minh-Ville, qui sont devenus des références mondiales. C'est ainsi que je vous ai rencontré.

J'espère ne pas avoir de raison de vous revoir lors de votre séjour à Paris, mais je serais ravi de dîner avec vous à Washington ou à Cotonou. Maintenant, reposez-vous. Dans deux jours, il ne devrait plus rien y paraître. »

De retour au Ritz, les regards en coin m'ont laissé entendre que mon aventure s'était ébruitée. Curieusement, elle semblait me valoir plus de réprobation que de sympathie. Mon état de fatigue était tel que je n'ai pas demandé mon reste et que je me suis écroulé sur mon lit.

À mon réveil, j'avais retrouvé quelques forces. J'ai fait venir Le Menh pour lui indiquer que j'entendais porter plainte. Je souhaitais pouvoir rencontrer très rapidement un avocat.

À mon étonnement, Le Menh m'a fermement invité à n'en rien faire. « Monsieur le Directeur général, m'a-t-il répondu, nous sommes en France et il vous faut en tenir compte ! Porter plainte serait une très mauvaise idée. Ce serait une marque de grande hostilité et de défiance envers les autorités de notre pays, soucieuses d'offrir le meilleur accueil à leurs hôtes de marque. Pour moi, ce serait une catastrophe. Mes primes seraient immédiatement suspendues et ma carrière irrémédiablement compromise. Or j'ai une famille nombreuse à nourrir ! Quant à recourir aux services d'un avocat, n'y pensez même pas. Vous vous exposeriez à de nouveaux risques ! Si d'aventure vous trouviez un inconscient pour vous assister, vous le mettriez réellement en danger. » Sa voix s'est faite murmure :

« Laissez-moi vous faire part d'une anecdote. Vous savez que la France a créé une police fiscale dont les pouvoirs s'étendent au rythme des difficultés pour équilibrer le budget. Elle est devenue un véritable État dans l'État. Ses agents ont des pratiques qui n'ont plus rien à envier à celles de la mafia, voire aux dragonnades à l'honneur sous Louis XIV après la révocation de l'édit de Nantes pour forcer les protestants à se convertir. Leur technique consiste à conduire des raids dans les rares entreprises profitables ou chez les particuliers aisés et à s'y installer jusqu'à la conclusion d'un accord sur un montant de redressement. La loi fiscale n'est plus qu'un paravent pour renflouer les caisses de l'État et des organismes sociaux.

Il y a deux ans, d'après ce qu'on m'a dit, une grande banque, dont les comptes étaient parfaitement en règle et avaient déjà été contrôlés et validés, a vu débarquer l'une de ces équipes de cow-boys. Sous le coup de la colère, les dirigeants ont commis l'erreur de vouloir contester le procédé. Ils se sont attaché les services d'un cabinet d'avocats prestigieux et ont multiplié les contentieux, y compris devant les juridictions européennes. En apparence, ils ont fini par gagner : un tribunal arbitral a condamné à Bruxelles la République française à verser à la banque une indemnité de plusieurs centaines de millions. Mais ce triomphe s'est retourné contre celle-ci.

Quelques jours plus tard, banquiers et avocats ont fait l'objet d'une instruction judiciaire. Ils ont été mis en examen et placés en détention provisoire. Leurs compagnons de cellule avaient été soigneusement sélectionnés : des membres de gangs particulièrement dangereux et vicieux ! Le lendemain même de leur incarcération, tout était arrangé. La banque a renoncé au bénéfice de l'arbitrage et accepté de payer d'importantes pénalités pour son comportement de mauvaise foi. Les banquiers ont été libérés et ont quitté le pays des droits de l'homme peu après. Le seul vrai malchanceux a été l'avocat. Sa libération a tardé car elle demandait l'intervention du barreau. Quand la décision est enfin tombée, il était mort en prison, dans des conditions qui n'ont jamais été élucidées.

Alors, je vous en conjure, pas de plainte, pas d'avocat et pas d'ennuis supplémentaires. D'autant que j'ai de bonnes nouvelles pour vous. Tout est réglé ! Il n'y a aucun préjudice. Nos enquêteurs, alertés par mes soins, ont retrouvé votre mallette, vos dossiers et tous vos appareils. Et bien sûr aussi votre portefeuille et vos documents. Notre gouvernement tient à mettre à votre disposition une somme largement supérieure à celle qui vous a été dérobée, à titre de dédommagement. Tout est donc rentré dans l'ordre. »

Le Menh est visiblement très fier de son intervention. À l'inverse, mon malaise ne cesse de croître. Ce dénouement miraculeux et improbable me laisse amer. Tout cela est incompréhensible, ou trop clair. J'ai la conviction que dossiers, documents, données personnelles et professionnelles ont été systématiquement fouillés et copiés, que mes systèmes de communication ont été ouverts et piégés. Je n'ai plus confiance en quiconque, même en Le Menh. Je redoute de m'endormir, en dépit de mon épuisement.

J'ai été informé de ce que le président de la République m'accorderait une audience après-demain. Il est grand temps d'en finir avec cette mission et ce séjour parisien qui tient de plus en plus du chemin de croix.

Lettre 32

De Alassane Bono à son directeur de cabinet, Blaise Koupacku

Paris, hôtel Ritz,
le 24 octobre 2040

Blaise,

Je t'adresse ce message en mode crypté.

Hier matin, j'ai été victime d'une grave agression qui aurait pu avoir des conséquences dramatiques. Ma voiture a été bloquée et j'ai été braqué. C'est la première fois que j'étais la cible d'une attaque de ce genre et je comprends mieux le traumatisme des victimes de violences ou d'attentats.

Mes agresseurs se sont emparés des projets de rapport sur la France et d'ordre du jour du prochain conseil d'administration. Ils ont aussi eu entre les mains mes outils de communication. Tout m'a été restitué mais très certainement après avoir été forcé et analysé.

J'ignore l'identité de mes assaillants, mais ils ont agi en professionnels aguerris. Ils ne disposent pas de mes codes d'accès confidentiels, mais il est plus que probable qu'ils peuvent casser les sécurités et pénétrer dans nos systèmes d'information.

Je te demande donc de déclencher immédiatement les procédures d'urgence du FMI pour sécuriser nos réseaux et nos bases de données.

Supprime tous mes accès et mets en place une cellule de crise dont tu prendras la direction. Tiens-moi informé du déroulement des opérations et de toute tentative d'intrusion.

Pour ce qui est du prochain conseil, diffuse aux administrateurs le rapport d'audit élaboré par Douglas, sans y joindre les projets de recommandations. Je les arrêterai avec l'ordre du jour définitif à mon retour à Washington.

Fais en sorte qu'une veille médiatique soit assurée sur le FMI et la France et qu'elle me soit transmise directement au Ritz.

Pour toute information confidentielle, utilise nos moyens cryptés. Je n'ai plus confiance en France en qui que ce soit. Et je commence à craindre pour ma vie, même au Ritz.

Ici, désormais, c'est la guerre !

Lettre 33

De Alassane Bono à sa femme, Stella Haïdjia

Paris, hôtel Ritz,
le 24 octobre 2040

Chère Stella, une longue nuit n'a pas suffi à me rétablir. Je me suis réveillé avec une immense fatigue, des courbatures dans tout le corps et un épouvantable mal au crâne. Je ressentais aussi une forme d'angoisse à sortir dans la rue. J'ai décidé de la combattre par une promenade à pied dans Paris.

J'ai d'abord consacré ma matinée à la revue de mes dossiers et à une série de conférences à distance avec les équipes du FMI pour mettre en place des mesures de protection de nos systèmes d'information. Non sans mal. Les coupures de courant et les ruptures de communication se sont multipliées. Non pas à cause de la dégradation des infrastructures ou de la situation financière désespérée des opérateurs de services publics qui ne sont plus payés par une large partie de la population, mais, cette fois, à la suite de mouvements sociaux. Les agents du gaz, de l'électricité et de la fonction publique ont déclenché une grève tournante pour protester contre la réforme de leurs retraites qui devraient être alignées, après trois décennies de perpétuelles hésitations, sur le régime des salariés du secteur privé.

Visiblement, des fuites ont eu lieu sur l'orientation de nos conclusions. Les syndicats de fonctionnaires et des principales entreprises publiques ont appelé au débrayage pour contester tout nouveau plan d'ajustement. Le centre de Paris, et particulièrement le quartier de l'hôtel Ritz, semblent être les cibles prioritaires du mouvement. Il en est résulté une gigantesque pagaille et un blocage complet de la ville. Les médias français en rejettent la responsabilité sur le FMI... et non sur les syndicats qui ont lancé cette grève sauvage !

Rien n'illustre mieux la singularité des syndicats français. Ici, ils ne se regroupent pas en centrales puissantes pour défendre les salariés des entreprises privées ; ils encouragent plutôt la liquidation des activités marchandes. Ils cultivent leur diversité et se fragmentent à l'infini pour épouser les corporatismes du secteur public. Leur seul interlocuteur est l'État, leur seul levier, la loi sur laquelle ils disposent d'un droit de veto dès lors qu'elle touche au domaine économique ou social. D'où le blocage systématique de tous les projets de réforme.

Le secteur public a évincé la production marchande qui ne subsiste que de manière résiduelle. La surprotection d'un noyau dur de la population active a pour contrepartie directe le chômage, l'exclusion et la paupérisation des masses. L'écart n'a cessé de se creuser en faveur des agents publics qui gagnent près de 10 % de plus que les salariés du secteur privé pour travailler moins, partir à la retraite cinq à dix ans plus tôt avec une espérance de vie supérieure de plus de dix ans et une pension survalorisée. Le tout à crédit, abondé par une dette sociale que ni les contribuables ni les marchés ne veulent plus financer.

Ainsi s'explique l'échec systématique des tentatives pour rétablir l'équilibre financier du système de retraites et l'équité entre les générations. La passion de l'État s'est révélée plus forte encore que la passion de l'égalité. L'ironie a voulu que le pays qui décida l'abolition des privilèges, une certaine nuit du 4 août 1789, pervertisse les valeurs de la République. Il a engendré et maintenu une société de castes. La perversité va jusqu'à mobiliser et enrégimenter les pauvres, les jeunes, les exclus au service du système qui les opprime. Loin de faire la révolution qu'ils seraient fondés à déclencher, ils font le jeu des privilégiés qui les exploitent.

Les Français sont telles des oies qui manifesteraient à Noël pour la défense du foie gras !

Afin de ne pas laisser le dernier mot à la peur, j'ai fait, en fin d'après-midi, une longue promenade dans un Paris vide, après le chaos des manifestations. Le Menh, aux aguets, me suivait comme mon ombre. Mes pas m'ont tout d'abord conduit au Louvre.

La marche stimulait mes réflexions sur le tour inattendu pris par cette mission, qui, de simple routine, s'est transformée en piège diabolique. J'ai repensé à l'agression d'hier. Peut-il vraiment s'agir d'un hasard, compte tenu du professionnalisme de l'opération et de l'invraisemblance de son dénouement ? On a, je crois, cherché à me lancer un ultime avertissement, à m'interdire d'aller plus loin dans mes investigations tout en voulant découvrir la teneur de nos conclusions. Reste à savoir qui est derrière tout cela. Je ne suis pas policier. Mais je doute fort, au vu des circonstances, que la police française puisse m'être du moindre secours. D'ailleurs, la figure sombre et torturée de Le Menh dit tout de la nasse dans laquelle je me trouve.

Plongé dans mes pensées, je suis revenu sur mes pas pour gagner les grands magasins du boulevard Haussmann. J'ai erré autour des théâtres puis des boutiques qui entourent l'avenue des Champs-Élysées.

La Ville lumière est bien morte. La ville-musée qui subsiste paraît bien lugubre. Les rues sont à peine éclairées, ce qui est d'autant plus gênant qu'elles sont très sales et jonchées d'ordures dès que l'on quitte les grands axes. Le Menh m'a expliqué que c'était la conséquence d'une loi votée à l'initiative des écologistes, qui taxe très lourdement l'éclairage nocturne.

De fait, la vie parisienne s'est comme éteinte. Aucune animation ! Les marchés ont été fermés en raison de la réglementation sanitaire et alimentaire. Les produits du terroir sont réservés aux grands restaurants qui s'approvisionnent directement. Les salles de spectacle et les boîtes de nuit n'attirent plus grand monde.

Après les touristes, les amoureux ont déserté les voies publiques sous la pression de l'insécurité, des extrémistes et des fondamentalistes religieux. La multiplication des attaques contre les femmes dont la tenue est jugée indécente a eu raison du chic des Parisiennes ; elles réservent leur élégance et leur raffinement à l'intimité des intérieurs privés. Les femmes, dans leur majorité, ne sont pas voilées ; mais elles sont comme engoncées dans d'énormes manteaux sombres, dont la fonction est plus de les rendre invisibles que de les protéger de la pluie et du froid.

Les boutiques du faubourg Saint-Honoré ou de l'avenue Montaigne ne subsistent qu'à l'état de témoignage, victimes de l'exode des Français fortunés et de la clientèle étrangère. Je sais que Paris a depuis longtemps été supplantée en tant que capitale de la mode et du divertissement par Londres ou New York, Shanghai, Singapour, Doha, Lagos ou Rio de Janeiro. Mais je sous-estimais l'impact de la délocalisation de l'industrie du luxe sur la ville. L'esprit de Paris a quitté Paris. Il survit dans les mégalopoles du reste du monde, où la vie et l'imagination sont reines et ne s'arrêtent jamais.

Il me tarde désormais de quitter ce mausolée pour rejoindre le monde des vivants. Il me tarde de retrouver Cotonou, Lagos, Dakar, nos villes africaines vibrantes de la modernité du XXIe siècle, multipliant les innovations architecturales au rythme de leur développement, trépidant des projets de nos entrepreneurs, grouillant d'une jeunesse qui sait que l'avenir lui appartient. Des villes actives, survoltées, bariolées et joyeuses de jour comme de nuit, au point qu'il semble que le sommeil leur soit étranger.

Lettre 34

De Alassane Bono à sa femme, Stella Haïdjia

Paris, hôtel Ritz,
le 25 octobre 2040

Je me suis rendu aujourd'hui à l'Élysée pour l'audience que m'a accordée le président de la République. J'ai heureusement retrouvé la pleine possession de mes moyens. Le palais et les rituels qui commémorent la monarchie républicaine continuent à en imposer. Je ne sais pas si c'est pour m'aider à oublier mes mésaventures, mais la garde à cheval, tout droit sortie d'un tableau de Géricault, m'a rendu les honneurs.

Le président, de prime abord, semble valoir mieux que la réputation de faiblesse et d'indécision qui le poursuit. Ses innombrables volte-face ne facilitent certes pas la restructuration financière de la France. Il vit cloîtré dans son palais dont il ne peut guère sortir, si grande est son impopularité. Il a plusieurs fois déclaré la guerre à ses créanciers devant son opinion, pour mieux les rassurer à l'étranger. Il a souvent tenu des propos incendiaires contre le FMI qu'il a accusé de violer la souveraineté française et de ruiner les pays, avant de se rallier à la nécessité des réformes qu'il fustigeait naguère. Nul ne sait, et peut-être pas lui-même, ni qui il est, ni ce qu'il pense, ni ce qu'il veut.

Pourtant, l'homme est très intelligent, fin, séduisant et plein d'humour. Il m'a immédiatement témoigné ses regrets pour ce qu'il a qualifié de lamentable incident : « Cette navrante affaire, heureusement, s'est conclue sans dommages. Elle ne doit pas conduire à vous forger une image fausse de la France. Ni à verser dans le pessimisme, a-t-il enchaîné. Nos atouts, vous en conviendrez j'espère, restent impressionnants. D'ailleurs, pour faciliter la poursuite de l'engagement du FMI à nos côtés au service du redressement économique et financier de notre pays, nous avons fait réaliser par le commissariat à la prospective une importante étude sur la France en 2050. Les résultats sont prometteurs et mettent en évidence la perspective d'un système productif d'excellence, d'un modèle social exemplaire, de finances publiques soutenables, d'une société confiante et intégrée, d'une relance du projet européen. »

J'en suis resté sans voix. Me parlait-il bien du pays qu'il préside, cette France à qui seul le FMI peut éviter un défaut brutal de paiement ? A-t-il seulement une claire conscience de la situation ?

« Je vous entends bien, Monsieur le Président, ai-je prudemment avancé, mais je vois les données dont nous disposons et qui ont été finalement confirmées par votre gouvernement. Je vois l'échéance de notre prochain conseil d'administration qui devra se prononcer dès le 5 novembre sur la situation de la France et sur la poursuite de notre aide. Je vois la position des États-Unis et des grands pays émergés ; je vois aussi celle de vos voisins européens dont aucun n'est prêt à soutenir le principe de la continuation de notre engagement. Naturellement, je vais prendre connaissance avec beaucoup d'attention du rapport que vous avez eu l'obligeance de faire préparer, et le diffuser à mes services et à nos administrateurs. Mais la franchise m'impose de vous prévenir qu'il risque d'être de peu de poids face aux réalités.

Ainsi que vous le savez, le FMI ne peut intervenir que si des espoirs crédibles de retour à l'équilibre existent. Dans le cas de la France, et en l'état actuel des choses, il est impossible d'en faire la démonstration. Toutes les analyses que nous avons rassemblées vont plutôt dans le sens contraire. La croissance potentielle a disparu avec la production marchande, ce qui ne permet pas d'envisager un rétablissement des finances publiques. La population se prolétarise sous l'effet du chômage structurel et de la baisse des revenus. Les individus les plus dynamiques, les entreprises et les capitaux fuient massivement. Le territoire se polarise : par pans entiers, il dérive vers des zones de non-droit tandis que subsistent des poches de prospérité coupées de l'État central. Enfin, le système politique se révèle incapable de mettre en œuvre les réformes nécessaires, en particulier celles qui figuraient dans les précédents plans d'ajustement. Or notre conseil se montre particulièrement vigilant sur ce point. »

Après un court silence, le président a repris la parole avec une pointe d'agacement :

« Ce que vous m'indiquez me surprend beaucoup. Les informations dont je dispose et qui sont puisées aux meilleures sources sont en totale contradiction. En économie, il faut raisonner en dynamique et non sur la statique, et en dynamique, tout montre que la France est sur la trajectoire du redressement. Par ailleurs, l'économie doit être lue et comprise au regard de la politique. Dans les fonctions de dimension planétaire qui sont les vôtres comme dans les miennes, il faut faire de la politique. Et rien n'est pire en politique que de faire de la petite politique.

Quels que soient les avatars de l'histoire, la France reste et restera une grande puissance. Nul, et surtout pas une institution multilatérale telle que la vôtre, n'a le droit de la traiter avec légèreté. Les experts du FMI sont des techniciens remarquables, mais ils sont aussi connus pour le caractère excessif de leurs analyses et le prisme idéologique de leurs recommandations. La gouvernance de votre institution est centrale pour sa crédibilité ; mais les règles ne sont rien sans l'esprit. Et l'esprit commande de tout faire pour mener à bien la restructuration de la dette française dès lors que l'essentiel de la crise est derrière nous.

Ne vous y trompez pas : déstabiliser la France, c'est faire courir des risques majeurs à l'Europe et au système international. Vous savez que le dernier défaut de paiement de la France remonte à

1797 avec la banqueroute des deux tiers. Et vous connaissez les troubles et les guerres en chaîne qui ont suivi, en France mais aussi en Europe. Si, par extraordinaire, le FMI devait pousser la France à la faillite, cette faillite de la France serait celle de l'Europe ; elle provoquerait une onde de choc planétaire. Vous porteriez la responsabilité d'avoir ouvert une boîte de Pandore dont l'histoire montrera le potentiel de violence. Il serait irresponsable de laisser s'enclencher cette réaction en chaîne que nul ne pourra contrôler. Elle finira par coûter à tous, États, banques et investisseurs, infiniment plus cher que l'aide financière dont la France a besoin. »

Tout en se calant dans son profond fauteuil Louis XVI, le président Lamentin m'a fixé durement. Après un temps de silence, il a attaqué de nouveau :

« Quant au respect des plans d'ajustement et aux réformes structurelles, il s'agit là d'une mauvaise et vaine querelle. La France n'a pas plus de droits que les autres nations mais elle n'en a pas moins. Et parmi ses droits figure le respect de son histoire, de ses valeurs, de sa culture. La nation française s'est construite autour de son État. Aucun plan, aucune réforme ne peuvent l'ignorer.

Mon prédécesseur, le général de Gaulle, qui fonda la défunte Ve République, aimait à rappeler que “la France ne fait des réformes qu'à l'occasion des révolutions”. C'est un pays dangereux. Elle passe sans transition de la torpeur à la révolte ; la menace latente de la guerre civile et de la guerre de religion est toujours présente. De plus, la vocation française à l'universalité va de pair avec une fâcheuse capacité à essaimer ses maux ou ses troubles. Nous rendons à l'humanité un grand service en gouvernant ce peuple ingouvernable. Notre priorité, c'est d'éviter la révolution, quitte à étaler dans le temps ou à différer vos fameuses réformes. Tous mes prédécesseurs l'ont fait et mes successeurs continueront à le faire. La VIe République a précisément été créée pour cela : prévenir la révolution à l'intérieur et rétablir la crédibilité à l'extérieur. » Reprenant son souffle, il s'est penché au-dessus de son immense bureau et a repris sur un ton solennel :

« Nous accuser d'immobilisme relève de la mauvaise foi. Nous alignons le meilleur bilan des pays en restructuration par le nombre de projets de loi qui ont été déposés et, pour la plupart, votés sur tous les thèmes que les marchés et les agences internationales jugent déterminants : production, compétitivité, libéralisation du marché du travail, intégration, éducation, infrastructures. Les résultats se font attendre : quoi de plus normal au terme de plus d'un demi-siècle de déclin ? La dépense et la dette publiques continuent à monter inexorablement. Certes, mais c'est le prix à payer pour canaliser les passions collectives et acheter la paix civile. Du reste, le problème n'est pas la dépense, comme on l'entend souvent, mais l'impôt, qu'il faut réhabiliter : s'il n'était pas contourné par la fraude, par l'argent qui fuit, par les entreprises et les citoyens les moins vertueux, nos comptes seraient à l'équilibre.

Que dire enfin du système politique ? Oui, nous dirigeons le pays comme nous gérons nos partis. Oui, nous allouons les portefeuilles ministériels et les postes dans l'État aux formations qui participent à la coalition en fonction de leur poids respectif. Mais la plupart des démocraties ne fonctionnent pas autrement. Cela reste le moyen le plus efficace pour gouverner l'État et continuer à attirer des femmes et des hommes de talent vers la vie politique. »

À ce stade, mon interlocuteur a marqué une nouvelle pause tout en affectant de fixer un point à l'horizon, loin derrière moi :

« Arrivons au cœur de notre débat, et pensons en historiens et non pas en technocrates. Que serait le FMI sans la France ? Une agence internationale banale, prisonnière des schémas de pensée ultralibéraux, délégitimée de ce fait même auprès de nombreux pays progressistes. Que serait l'Afrique sans la France ? Un continent abandonné aux marges de l'histoire universelle et non pas le phare de la mondialisation.

Mais la roue tourne. Il est vrai que c'est aujourd'hui la France qui a besoin de l'aide du FMI. Et de l'Afrique. Cette aide, mon pays la mérite pour ses actions passées au service de la communauté internationale comme par ses efforts présents. Nos besoins restent modestes au regard de la prospérité du Nouveau Monde que vous incarnez. Compte tenu de sa croissance, la seule Afrique pourrait nous secourir sans difficulté en créant une taxe sur les transactions financières, sur la production d'énergie solaire ou sur les échanges de données. Que les formes et le montant de l'aide soient débattus au sein de la communauté internationale, quoi de plus normal ? Mais il serait inconcevable de la part des Africains de ne pas la mettre en place.

C'est pourquoi vous portez une responsabilité historique. Le FMI peut et doit avoir un rôle moteur dans la résolution de la crise française, et c'est à vous de le faire basculer et de l'entraîner dans la bonne direction. Concrètement, vous pourriez par exemple, en vous appuyant sur notre conversation, ordonner le versement anticipé de nos prochains prêts, ce qui créerait une dynamique positive. »

Je n'en croyais pas mes oreilles. En l'écoutant, je me demandais s'il ignorait que les nations comme les États sont mortels. S'il avait en tête les nombreux États qui ont fait faillite depuis le début du siècle, de l'Argentine à la Grèce en passant par l'Égypte. Et que la France ne fait pas exception.

J'ai dû lui rappeler que personne au sein du FMI n'est prêt à signer un nouveau chèque en blanc à la France, compte tenu du déroulement calamiteux des précédents plans d'ajustement. Quant à l'idée de créer des taxes pour financer le sauvetage français en Afrique, elle est proprement extravagante ! Le travail et l'épargne des Africains ne peuvent subventionner le chômage et les dettes de la France.

L'Afrique a contribué par ses richesses, en biens et en personnes, au développement de la France. Libre, indépendante et prospère, elle ne se laissera pas recoloniser ; elle ne laissera pas l'ancienne métropole confisquer le produit de son essor. Qui plus est, en pure perte. Son développement a pris le contre-pied des principes qui ont ruiné la France : la priorité à la production marchande et au libre-échange ; la croissance par le travail et par l'épargne, l'investissement et l'innovation ; la confiance dans la société civile et la limitation du poids de l'État ; l'insertion déterminée dans la mondialisation.

Plus la France s'enfonce dans la crise, plus elle court à la faillite, et moins elle change. Elle reste suspendue à son rêve de voir la planète entière adopter son prétendu modèle. Elle refuse l'évidence : elle est devenue un enfer pour les Français et un repoussoir pour le reste du monde. L'impôt relève ici de la foi religieuse. Il est considéré comme inépuisable et sans limites. Plus nombreuses sont les richesses qu'il détruit, plus élevés sont les taxes et les taux. Il tue les flux économiques et donc la croissance. Il spolie le capital par son caractère confiscatoire et provoque la fuite des citoyens et des capitaux. C'est alors que la solution naturelle consiste à taxer les autres.

La conversation s'est de nouveau tendue. Le président a témoigné de son étonnante méconnaissance des rapports de force internationaux :

« Cher ami, a-t-il glissé d'un ton doucereux, vous devez aussi penser à vous et au renouvellement de votre mandat. Vous pouvez beaucoup pour nous, mais nous pouvons aussi beaucoup pour vous. Vous êtes béninois. La France compte. Elle n'oubliera pas que vous l'avez aidée dans un mauvais pas de son histoire. À l'inverse, elle aura la mémoire longue si vous la décevez. »

Dans son propos, l'aveuglement marchait au bras de l'insulte. L'influence de la France est des plus ténues en Europe et nulle dans le reste du monde. La débâcle de son économie et l'implosion de sa nation lui ont fait perdre son poste de membre permanent du Conseil de sécurité des Nations unies en 2030, ainsi que ses positions dans la plupart des instances multilatérales. L'histoire ne s'est pas alignée sur la France ; elle s'apprête à l'expulser du XXIe siècle. Tout à coup, je réalise que je n'ai pas la capacité et que je n'ai plus le moindre désir de m'opposer à ce processus.

J'ai renoncé à engager une polémique malvenue. Comment lui expliquer que le soutien de la France à mon renouvellement scellerait mon éviction, alors que son opposition à ma candidature serait mon meilleur atout ? J'ai préféré mettre fin à l'entretien. La conversation devenait inutile dès lors que cet homme, pourtant intelligent, était enfermé dans ses propres mensonges, qu'il niait le constat de la situation de son pays et n'avançait que des propositions fantaisistes.

Finalement, ce président est à l'image de la France ; il la représente à merveille. Sa force tient tout entière dans sa faiblesse. Il ne croit en rien ni en personne, sinon en sa capacité à durer et à endurer en trouvant chaque jour un nouvel artifice pour faire supporter aux autres les conséquences de son inconséquence voire de son incompétence. Les discours généreux et les grands principes masquent un nihilisme radical, qui contamine ceux qui s'en approchent.

Impossible, pourtant, de quitter ces lieux sans penser au général de Gaulle, lui qui joua un si grand rôle dans le destin de nos nations. En France, il a sauvé par deux fois la République, mais il est aussi considéré comme l'un des pères de la renaissance de notre continent. Ses vrais héritiers, les hommes d'État qui croient en l'avenir de leur nation et dans le progrès, sont aujourd'hui en Afrique. Quel contraste avec ses prétendus successeurs ! Il les assimilerait aux lapins qui, selon lui, feraient de la résistance après sa mort à l'ombre de la Croix de Lorraine à Colombey-les-Deux-Églises.

Encore attend-on toujours le moindre acte de résistance de la part des dirigeants français. Ils ont depuis longtemps rendu les armes devant l'opinion. Ils devancent les pulsions collectives les plus démagogiques au lieu de faire la pédagogie du changement. Ils cultivent le déni au lieu d'agir et de confronter les citoyens au monde réel, au prétexte qu'ils ne le supporteraient pas.

Il est bien loin, le temps où les présidents français pouvaient s'exclamer : « L'État ou la dissuasion nucléaire, c'est moi. » La nation a perdu sa souveraineté. La dissuasion a été mise en veilleuse faute de crédits. L'État est devenu l'esclave de sa dette, au moment où la plupart des pays ont compris que des finances en ordre sont la marque des pays libres et des économies prospères. La présidence a été dissoute dans l'acide de l'État-providence qui n'en a laissé que le squelette. Il reste un président. Mais ni un homme ni un chef d'État. Pour cela, comme disait le Général, encore faudrait-il qu'il soit un chef et qu'il y ait encore un État !

Cette entrevue a bien été décisive. Désormais, tout est clair dans mon esprit. Le constat du défaut à très court terme dressé par notre audit est exact et sera diffusé tel quel. Il n'existe plus, ni en France, ni en Europe, ni dans le monde, aucun levier pour relever ce pays.

Cette fois-ci, je rends les armes. Il faut acter au plus vite la banqueroute de la France et limiter ses effets sur la communauté internationale. Je donne aujourd'hui même l'instruction de suspendre tout nouveau versement du FMI jusqu'à la réunion du prochain conseil d'administration. La fermeture de notre bureau de Paris suivra.

Lettre 35

De Alassane Bono à sa femme, Stella Haïdjia, et à ses enfants, Sarah, Jonas et Reckya

Aéroport de Beauvais,
le 26 octobre 2040

Stella, cette lettre te parviendra par le canal de l'ambassadeur du Bénin à Paris. Il m'a fait l'amitié de venir la chercher en main propre à l'aéroport de Beauvais, d'où je m'apprête à m'envoler pour Londres. Non pas dans l'avion du FMI, que j'ai dû renoncer à utiliser, mais par un vol affrété. Je ne peux désormais avoir aucune confiance dans la confidentialité de mes communications. Merci de faire suivre ce courrier à Sarah, Jonas et Reckya.

Ma chère Stella, mes chers enfants,

Quelle erreur ! Pardonnez mon obstination et mon aveuglement, et acceptez toutes mes excuses pour m'être fourvoyé en France.

L'audience d'hier avec le président a dissipé mes derniers doutes. La France est en faillite. L'atmosphère de Paris est contagieuse et m'a contaminé. Aussi avais-je perdu toute capacité de jugement face aux manipulations et aux intimidations auxquelles se livrent les autorités françaises. Je n'ai pas vu davantage la campagne de déstabilisation dont je suis l'objet au sein même du FMI.

Deux événements m'ont brutalement dessillé.

Vous connaissez tous Blaise Koupacku, le fidèle parmi les fidèles. Il était très hostile à ma décision de prendre la tête du quartette mais s'y est rallié loyalement. Il n'a pas voulu engager de combats d'arrière-garde. Il m'a adressé aujourd'hui, par des voies détournées, des informations très alarmantes en provenance de Washington : sans réaction rapide, mes jours sont comptés à la tête du FMI.

En effet, à l'initiative de mes trois collègues, une réunion des représentants des pays émergés et des États-Unis est programmée le 1er novembre, jour de la Toussaint, la veille de la fête des morts, ce qui ne manque pas d'humour ! L'objectif explicite est d'organiser mon enterrement en même temps que celui de la France. Parallèlement, le conseil d'administration est, semble-t-il, avancé au dimanche 4 novembre. Le constat de la vacance du poste de directeur général et la mise en œuvre des mesures d'urgence qu'elle appelle sont à l'ordre du jour. Tout est fait pour que, entre mon agression parisienne et mon retour in extremis à Washington, il me soit impossible d'organiser ma défense.

Je prenais connaissance de ces informations quand Le Menh a demandé à me voir. Ce n'était vraiment pas le moment, mais je n'ai pas eu le cœur de le renvoyer. Et j'ai fort bien fait. Ce qu'il m'a révélé est proprement stupéfiant et, venant de tout autre, je n'y aurais pas ajouté foi. Je vous assure qu'ici les limites du vraisemblable reculent d'heure en heure.

« Monsieur le Directeur général, a commencé Le Menh, ma démarche est strictement personnelle et doit, pour des raisons évidentes, rester secrète. Depuis mon arrivée au service de protection des personnalités il y a bien des années, j'ai eu l'occasion de travailler avec beaucoup d'hommes politiques français ou étrangers. Je ne vous connaissais pas, et votre pays, le Bénin, pas davantage. Parmi tous ceux que j'ai protégés, aucun n'a manifesté le sens de l'intérêt général, l'amour de la France, le respect des hommes dont vous faites preuve. Aussi l'agression dont vous avez été victime m'a-t-elle convaincu des dangers que vous courez et de la nécessité de vous en parler. La violence d'État et le mensonge ne peuvent pas avoir toujours le dernier mot. » Le policier s'est interrompu avant de me regarder droit dans les yeux :

« En réalité, l'attaque a été organisée par nos services de renseignement à la demande du gouvernement. Pour éviter une réaction intempestive de ma part, on m'avait préparé à demi-mot. Il faut savoir que, dans leur naïveté, l'immense majorité de nos responsables politiques est convaincue que le soutien du FMI est acquis à la France, sans conditions ni limites de temps. Pour eux, la mission du quartette était de pure forme. La stratégie budgétaire et monétaire a été élaborée autour de la poursuite et même de l'augmentation de vos concours. Il n'existe aucun plan alternatif. Et l'opinion elle-même n'a jamais imaginé la fin de l'aide internationale !

Aussi, quand, à la suite du vol de vos documents, ils ont pris connaissance du résultat de l'audit et des recommandations du quartette, un vent de panique les a saisis. Surtout après la conclusion prématurée de votre entrevue avec le président de la République. L'Élysée a convoqué, sitôt après votre départ, une réunion de crise. C'est un sauve-qui-peut ! L'intérêt national n'est plus le sujet ; il s'agit de survies individuelles. Le versement du traitement des fonctionnaires et des prestations sociales peut être interrompu à très courte échéance. Plus personne, dès lors, ne répond plus de rien. »

La voix de mon ange gardien s'est faite sourde :

« La situation est hors de contrôle. Au sein de l'État comme dans les services, les responsables perdent toute mesure. Ils jurent à qui veut les entendre qu'ils ne laisseront sûrement pas un Béninois faire la loi à Paris. Des manifestations géantes contre la tyrannie du FMI s'organisent en ce moment même ; elles peuvent à chaque instant dégénérer en émeutes. Le Ritz risque d'être mis à sac. Votre sécurité personnelle n'est plus assurée. Bienheureux si vous n'êtes brûlé qu'en effigie ! Tout peut arriver. Les dangers sont multiples : enlèvement dans l'espoir de faire pression sur le FMI, attentat à Paris ou sabotage de votre avion, lors de votre retour, pour obtenir un sursis et la nomination d'un directeur général plus favorable aux intérêts français.

Il vous faut donc partir immédiatement et le plus discrètement possible. Votre chance, c'est que le week-end, toutes les administrations, y compris la police et la douane, fonctionnent au ralenti.

Voici mon plan. Vous allez rédiger un programme d'activités prévisionnel à Paris pour les jours prochains et l'adresser en bonne et due forme au gouvernement. Nous partons ensuite comme à l'accoutumée pour les visites de terrain prévues. Laissez vos bagages et ne prenez que le strict nécessaire avec vous.

Je vous déposerai en toute confidentialité, dans ma voiture personnelle, à l'héliport où l'un de mes très proches – un ancien de la sécurité civile – vous pilotera jusqu'au terminal de l'aviation d'affaires, à Beauvais. Un autre collègue de confiance vous a réservé un vol pour Londres où vous serez en sécurité. Il ne vous restera plus qu'à regagner Washington. Gardez-vous bien d'informer qui que ce soit, par quelque moyen que ce soit. Tout est instantanément lu, intercepté et écouté. Je sais que ma démarche peut vous paraître incroyable, mais fiez-vous à moi, il en va de votre vie. »

Au cours de mon existence, j'ai affronté des décisions difficiles. Elles mettaient en jeu des États, des peuples, des gouvernements, mais jamais ma propre vie. Sans hésitation, mon instinct a été de m'en remettre à Le Menh, à son courage, à sa droiture. Si son rôle dans cette affaire venait à être connu, il pourrait le payer cher.

Jusqu'à présent, tout s'est déroulé exactement selon son plan. Je vous confirmerai naturellement mon arrivée à Londres. Mais je souhaite d'ores et déjà demander à chacun son aide.

Stella, peux-tu me rejoindre toutes affaires cessantes à Washington ? Demande immédiatement à Blaise de convoquer une réunion de coordination des chefs de service du FMI demain en fin d'après-midi. Qu'il organise aussi des rendez-vous bilatéraux avec chacun des administrateurs dès lundi matin. Je souhaite enfin que tu informes sur-le-champ le président Oumbeledji de la situation et que tu battes le rappel de nos amis africains pour me soutenir.

Sarah, je compte sur toi pour mobiliser la communauté afro-américaine aux États-Unis, notamment les milieux d'affaires.

Jonas, à toi revient d'alerter les ONG et la communauté des juristes travaillant sur les droits de l'homme et le développement mondial.

Quant à toi, Reckya, je te remercie de contacter et de rechercher l'appui des grandes institutions culturelles du monde qui sont les partenaires de la fondation Impala et avec lesquelles tu travailles quotidiennement depuis Doha.

Au moment d'embarquer, je me souviens de ces vers que Jean Pliya, dans sa pièce *Kondo le Requin*, met dans la bouche de Béhanzin pour son discours d'adieu à ses soldats : « Non ! À mon destin je ne tournerai plus le dos. Je ferai face et je marcherai. »

Ma détermination à me battre est à la mesure du sentiment d'humiliation et de colère que je ressens. Tous vont apprendre qu'il est un peu tôt pour m'enterrer. Et l'approche de la Toussaint n'y change rien. Sacrifier ma carrière pour une cause juste, même perdue, j'aurais pu l'envisager. Mais sauver malgré elle, au prix d'un acharnement thérapeutique, une nation de gangsters, non, je ne le veux pas !

Je me suis trompé et j'ai été trompé. La France est perdue pour la démocratie et le développement. Tel un scorpion, elle ne peut s'empêcher de piquer d'un poison mortel jusqu'à ceux qui souhaitent la sauver. Intoxiquée par ses mensonges, elle meurt de la démagogie et de la haine – de soi et des autres – qu'elle n'a cessé de cultiver et dont elle n'a plus la force de se libérer. Eh bien, qu'elle meure de sa bonne mort, désormais ! Paris ne vaut pas une messe. Le FMI ne la célébrera pas.

Épilogue

Communiqué de presse du FMI n° 40/75 du 4 novembre 2040

Le conseil d'administration du FMI a pris acte de la fin de la mission d'audit sur la France. Il en approuve à l'unanimité toutes les conclusions. Il remercie les membres du quartette pour le remarquable travail d'étude effectué sous l'autorité du directeur général, monsieur Alassane Bono.

Conformément aux recommandations préconisées par le quartette, le conseil a décidé la suspension immédiate de toute nouvelle tranche d'aide à la France et ajourne les négociations concernant un nouveau plan d'ajustement. Il approuve l'arrêt anticipé de tout décaissement décidé par son directeur général le 29 octobre, à l'issue de sa mission à Paris.

Le conseil d'administration du FMI félicite le directeur général, monsieur Alassane Bono, pour son action et salue son engagement exemplaire dans les tentatives de résolution de la crise française. Il lui renouvelle toute sa confiance. Il salue sa contribution éminente aux résultats obtenus dans la croissance stable et durable de l'économie mondiale ainsi que dans la mise en œuvre des programmes de stabilisation.

En application des statuts et de son règlement intérieur, le conseil d'administration du FMI a délégué au comité des nominations le soin de superviser la procédure d'appel à candidature pour le poste de directeur général qui vient à renouvellement le 1er septembre 2041. Cette procédure sera lancée le 1er février 2041.

Du même auteur

Réveillez-vous !, Fayard, 2012, réédition « Pluriel », 2013.

Après le déluge. La grande crise de la mondialisation, Perrin, 2009.

Crise, chaos et fin du monde. Des Mayas au krach de 2008 (avec Fabrice d'Almeida, Jean-Luc Domenach *et al.*), Perrin, « Tempus », 2009.

En route vers l'inconnu, Perrin, 2008.

Que faire ? Agenda 2007, Perrin, 2006.

Nouveau monde, vieille France, Perrin, 2006.

Aron : Penser la liberté, penser la démocratie, Gallimard, 2005.

Le Chômage, à qui la faute ? (en collaboration avec Jean-Baptiste de Foucauld, Alain Minc et Alain Houziaux), Éditions de l'Atelier, 2005.

Comment va la France ? La grande enquête du Monde (en collaboration avec Daniel Cohen et Jean-Paul Fitoussi), Éditions de l'Aube, 2004.

Dictionnaire d'histoire, économie, finance (en collaboration avec Frédéric Teulon et Guillaume Bigot), Presses Universitaires de France, 2004.

La France qui tombe : Un constat clinique du déclin français, Perrin, 2003 ; réédition « Tempus », 2006.

Les Orphelins de la liberté, Perrin, 1999.

Les Trente Piteuses, Flammarion, 1995 ; réédition « Champs », 1998.

Raymond Aron, un moraliste au temps des idéologies, Flammarion, 1993 ; réédition Perrin, « Tempus », 2006.

L'Impuissance publique (en collaboration avec Denis Olivennes), Calmann-Lévy, 1989 ; réédition « Points », 1994.

L'Invention du chômage (en collaboration avec Robert Salais et Bénédicte Reynaud-Cressent), Presses Universitaires de France, 1986 ; réédition « Quadrige », 1999.

PAPIER À BASE DE FIBRES CERTIFIÉES

Le Livre de Poche s'engage pour l'environnement en réduisant l'empreinte carbone de ses livres. Celle de cet exemplaire est de :
250 g éq. CO_2
Rendez-vous sur www.livredepoche-durable.fr

Composition réalisée par NORD COMPO

Imprimé en France par CPI
en octobre 2015
N° d'impression : 3013640
Dépôt légal 1re publication : novembre 2015
LIBRAIRIE GÉNÉRALE FRANÇAISE
31, rue de Fleurus - 75278 Paris Cedex 06

55/7791/9